苓菁作品

苓菁作品

怨亡錄

異遊鬼簿III

笭菁 著

目錄

CONTENTS

※本書人物及故事情節純屬虛構，如有雷同純屬巧合※

楔子

呼……呼呼……

白淨少年在樹林間奔跑，他臉色蒼白，極度恐懼的不時往後看，腳下是樹葉斷枝與泥土，他踉蹌的絆了幾次，穩住重心，又再絆得踉蹌，但就是堅持著不敢倒下！

「跑！你跑什麼！」身後傳來暴怒與嘻笑聲，以及更多踩過乾葉的聲音，沙沙沙沙。「讓我追到你就死定了！」

「不要煩我！」少年痛苦的大喊著。為什麼老是愛找他麻煩！

「還跑！不許你再跑了！」後頭追逐的是另一群少年，他們加快腳步，就怕逮不到前頭那瘦小的男孩。

最高的削瘦少年拾起石頭，狠狠往前拋去，不偏不倚正中白淨少年的頭，他痛得往前仆倒，爾後其他孩子紛紛追上！

白淨少年伸手往後腦勺一摸，鮮血直流，望著掌心上的紅血，他嚇得哭了起來。

「哭什麼！噁心的傢伙！」湊上來的一大群少年們，手拿著隨手撿的樹枝，刻意往他衣領挑去。「真的跟女孩子一樣，愛哭！」

少年們用樹枝將衣服的扣子直接挑開，白淨少年驚駭得顫抖！

「讓我們看看你到底是男的還是女的！」削瘦少年惡質的下令，其他男孩立刻蜂擁而上，壓住瘦小但白淨漂亮的少年，開始扒他的衣服。

「不要！救命！走開走開！」他拚命護著自己的衣裳，襯衫卻飛快的被撕扯開來，露出白皙的肌膚。

他只是喜歡芭比娃娃、喜歡縫衣服而已，這樣有什麼錯！為什麼這些人要找他麻煩？要說他是變態，還說他是同性戀！

「走開！」掙扎哭泣的少年隨手抓起一旁的石子，猛然就往上揮去！

「啊！」不知道敲到了誰，少年不管，他只知道身上的手鬆了，衣不蔽體的他立刻翻身跳起，半爬半走的再往前奔去。

為首的削瘦少年撫著額頭，感受到涔涔鮮血流下，血流進眼裡迫使他睜不開，只得單手摀眼，怒不可遏！

「怎麼了？你流血了耶！」同伴們紛紛緊張湊前。

「不要管我！快點追他！」他氣得火冒三丈，「我要把他的衣服都扒光，綁在樹上一整夜！」

「……還追？」同伴們怯生生的往樹林深處望，「爸媽不是說不能跑那麼裡面？」

「去你的，叫你去就去！」削瘦少年使勁推了反對的同學一把，「你不去，我就跟大家說你是孬種、是娘娘腔！」

這話讓同行者臉色陣青陣白，說什麼都可以，就是不能說他是娘娘腔，不然他就是下一個被欺負脫衣服的對象！

「走了！」為首的他咆哮著，一群少年們直往前衝，只是這一次沒追多久，就看見了踉蹌的身影。

白淨少年的後腦勺有些濕潤，是血染的結果，他頭很暈，正倚在不遠處的樹邊動也不動，只有些微顫抖。

「好小子，你也知道該停啊！」削瘦少年撿了根粗一點的樹枝，扛在肩上往他靠近。

白淨少年回首，神色有異的望著他們。

「怎麼？」有人瞧出他的異狀，不安的問。

「這裡……」他指了指自己的面前，「以前有這個嗎？」

嗯？一群少年們狐疑的走上前，紛紛來到他身邊，在他們眼前的依然是一片樹林，可是腳尖前方卻突然像地層下陷似的，比地平面降低了一些……約有一公尺的落差。

「好怪……怎麼凹了一塊？」

「會不會是因為前幾天下大雨的關係？」有人這麼說著，腳下的泥都還是濕的呢。

「那不是很怪嗎？雨是平均下的，為什麼就這裡凹一塊？」

「好奇怪喔，該不會這裡……也埋了什麼吧？」有個少年，說出了大家心裡最害怕的答案。

氣氛一下子沉寂下來，每位少年的眼珠子都轉個不停，來回看著同儕，爸媽都有說過，這片林子不該深入，他們今天真的跑得太遠了。

所以每個少年的步伐，都不約而同的往後踏了一步、再一步。

直到為首的削瘦少年冷不防的一把將白淨男孩推下去為止！

「哇啊！」他立即往前仆倒，雖然不過凹下一公尺，但是全部的人都跟著驚聲尖叫！

掉進濕土裡的少年嚇得拚命大叫，他慌亂的想起身，卻因為濕黏的泥土讓他益發慌亂。

「哈哈哈哈哈！膽小鬼！」為首的削瘦少年爆出嘲笑聲，「同性戀、娘娘腔都不該活在世界上！」

「你們幹什麼！」全身沾泥的白淨少年嚇得哭出聲，他轉過身坐在泥地上，一把撐起身子。

可是……他站不起來，因為有東西抓住了他。

咦？他狐疑的回首，原本以為是絆到了什麼，結果卻真的有「人」抓住了他！

上方的少年們瞬間僵住了笑容，他們看得比誰都清楚，眼前的泥地裡居然開始震動，土壤越來越鬆散……彷彿有什麼東西正在往外鑽。

白淨少年瞪圓著眼，望著握住他手腕的另一隻手，那是一隻滿是泥巴的腐爛之手，而一旁鬆動的土裡，緩緩鑽出一顆又一顆的……頭？

「哇啊——」他驚恐的尖叫出聲，連帶著上頭的少年們也放聲大叫，拔腿就跑。「救我！拉我上去！」

沒有人留下來，當白淨少年仰頭朝上望去時，一個同學都不在了。

「不！救命——拉我上去！拉我上……」白淨少年哭得泣不成聲，而更多的手從土裡鑽出，橫過了他的身子，緊緊的扣住他。

腐爛的頭顱鑽了出來，朝他圍了過來。

「哇啊！哇啊——」他失控的驚叫著，沒有意識到自己正在下沉。

無數雙手正扣著他，往土裡拉去。

而遠處的少年們正沒命的狂奔，渾身滿佈著蛆蟲與濕土的腐屍攀上高處，往遠方望著逃命的背影。

不該有人逃得過，不該……

第一章・意外

「嗯～」季芮晨用力伸了個懶腰，臉上揚著滿足的笑容，呼吸著異國空氣。漂亮高挑的女服務生送來一塊蛋糕，季芮晨劃滿微笑的道謝，對方只是冷冷的看了她一眼，頷首離開。

「好酷喔！」季芮晨看著身材爆好的女服務生背影，喃喃道。「從我坐下來到現在，只有那個紅髮的對我笑耶！」

『有笑已經不錯了，波蘭人在幾年前連笑都不笑的呢！』耳邊傳來熱情的聲音，『他們最近已經越來越進步了，和善很多呢！』

「妳又知道了？」季芮晨戴著耳機，這樣可以讓別人以為她正在講電話，否則很容易被認為是自言自語。

事實上，她既沒有在講電話，也絕對不是在自言自語，她有特定對象可以「聊天」，只是剛好這些對象一般人看不見，看見了只會尖叫而已。

『別小看我好嗎？在跟著妳之前，我也在歐洲流浪過一陣子。』女人的聲音得意得很，『波蘭在二戰期間遇過很慘的事情，輪流被佔領，這些人民也怪可憐的！』

「二戰啊……二戰不是問 Kacper 最準了？」季芮晨喝了口咖啡，哎呀，在華沙喝咖啡還真是人生一大享受呢！

『我不想提。』另一個男人的聲音悶悶的說著，他原本話就不多，提起二戰的話題，感覺更沉默了。

季芮晨聳聳肩，開始品嚐她的下午茶，她人身在華沙，這美麗的街道、純樸的生活，手裡帶著地圖跟書，還有一疊筆記，下午要跟著「老師」進行地陪課程，所以得先把功課做齊。

『別看書了，好無趣呢！』Martarita 抱怨著。

「別吵我！」季芮晨咕噥著，專心於手上的資料。

耳邊算是安靜下來，至少熟悉的傢伙都不說話了，其他會吵的都是她不想理的傢伙，以及波蘭當地的亡魂。

這是無可避免的事，誰叫她天生就聽得見另一個世界的聲音。

她不承認自己是陰陽眼，因為她並不會動不動就看見鬼在附近飄蕩，但如果是鬼哭神號或是囉哩囉唆，甚至是自言自語的鬼音全都聽得見！就算看不見，也能聽到他們的想法或是心情。

這不是什麼意外造成的，她出生就聽得一清二楚，有人會說是詛咒，她倒把這當天賦。

尤其當妳會十數種語言後，就會不由得感謝上天賜予的優良語言學習環境，讓妳身邊有不同國籍的人成天吱吱喳喳個沒完，想學不會該國語言都很難！就像人說很困難的波蘭語，她也會，東歐語系沒有能難得倒她的，因為身邊不乏二戰時喪生的人，而從小陪她長大的「同伴」Kacper，更是二戰時犧牲死亡的軍人。

人嘛，相處久了總是有點感情，有些魍魎並沒有要害人之意，純粹是被她吸引過來，有人聽得見自己說話，總比對牛彈琴好，所以好些鬼伴了她二十幾年，大家也算無話不談了。

驅趕淨化那種東西沒能唬弄她，一開始驅些小鬼還行，有些「年歲已高」的趕不走就算了，有時還會反撲，最糟的是他們因為不希望被淨化，總會折磨她的身體，讓她無法接受任何驅鬼儀式，受折騰的永遠都只有她，太不公平了！

久而久之，季芮晨就放棄對抗這些在耳邊嗡嗡碎語的亡靈們，她選擇和平共處，他們唸他們的，她完全當耳邊風，晚上還能熟睡入眠。

「Kacper，你對奧斯維辛熟嗎？」季芮晨翻閱手上的資料，這次即將要去的景點。

「那裡感覺怪可怕的！」

『咦？那不是集中營嗎？』Martarita 又開始說話了，『完全就是為了屠殺用的！』

「我知道！欸，我是在問 Kacper。」季芮晨沒好氣的說著，Martarita 熱情大方，人也很好，就是超愛講話！

結果她等的聲音沒有出現，反而是其他的鬼說個沒完。

她有考慮過用波蘭話問問，當地的亡靈說不定會給些意見，但是仔細看過手邊的資料後，波蘭人在二戰中死傷慘重，或許別問比較妥當。

有時候說錯話不只會得罪人，還會得罪鬼，有很多鬼才是傷不起的。

季芮晨跑到華沙來不為別的，為的是成為全方位的領隊或是導遊，憑藉她的語言能力，只要再加把勁就沒問題！剛好輾轉有朋友的朋友在波蘭當地陪，所以她跑到這兒來「實習」。

沒有旅行社也沒有證照，她只是跟在那名地陪身邊，對外說是小幫手，事實上是在學習當地陪的一切，順便也走一趟波蘭行程的精華所在。

「嘿！芮晨！」桌邊站了一道身影，豐腴的女人帶著笑意，看來有點喘。

「嗨，Dabby！」季芮晨忙不迭的站起身，「真不好意思，讓妳提早出門！」

「不會啦，我剛好也要出來吃飯。」Dabby 放下包包坐了下來，服務生走過來送上水跟菜單。

Dabby 果然是生活在這兒的人，連菜單都不必看，直接點了餐點，還順道問季芮晨有沒有點他們的招牌；季芮晨搖了搖頭，她先吃了蛋糕跟咖啡，不確定這間店的餐好不好吃，不敢貿然亂點。

於是，Dabby也幫季芮晨點了一份波蘭燉肉，瞧她的模樣，季芮晨就知道以後這間餐廳是可以當美食目標了。

「哇，好用功呢，準備這麼多資料！」Dabby主動拿過了她手邊的書。

「我可不希望妳講解時什麼都聽不懂。」季芮晨吐了吐舌，除了歷史要熟之外，還得學習介紹的方式。「等等來的團是哪國？」

「喔，別擔心，剛好是台灣團喔。」Dabby眉開眼笑，「語言上不會有問題的，萬一有用詞不對的地方，妳還得幫我。」

Dabby是四川人，來波蘭也好些年了，老擔心自己的中文不好。而且兩岸的用詞有很多不同，她大部分都接國外團或是大陸團，所以對於台灣習慣用語更不熟悉了。

「放心啦，沒那麼難溝通的！」季芮晨笑笑，托著腮往街道望。「這裡好安靜喔，有一種很安詳的感覺。」

「是啊……」Dabby也往街上望去，「很難想像過去的傷痕，現在幾乎都看不見了。」

「啊，對了，說到傷痕，我們不是要去奧斯維辛嗎？我查了資料，感覺還滿駭人的……」

「那是一段傷痛的歷史，但卻無法抹滅。」Dabby說得有點悲傷，「來到波蘭，歷史的傷卻變成必去的觀光景點。」

季芮晨微微一笑，「這跟人生一樣，沒有永遠好的事情，好壞都會成為人生的一部分，歷史也是。」

Dabby笑看著季芮晨，心想這女孩子年紀很輕，想法倒是挺泰然的。「妳說得很容易，遇到的時候就怕沒那麼快釋懷了！」

遇到的時候？季芮晨歪了歪頭，不知道定義中的壞事是什麼呢？

從小就聽得見鬼說話？常被鬼嚇？還是說很常遇到災禍卻總能逃出生天，但也卻總是參加親朋好友的葬禮？

過去，認識她的人都會說她是全世界最幸運的女孩，從小到大遇到的天災人禍不斷，但每一次都能化險為夷，甚至是毫髮無傷的避開災難，不過身邊的人自然沒有那麼好運。

因此她一直在參加喪禮，到現在沒有什麼知交好友，父母至親也都身故，孑然一身，當然有阿姨叔伯可以依靠，但是她不喜歡只有單方面的幸運，如果幸運之神無法眷顧他人，還是別招惹所愛的人會比較好。

說句現實的話，要是又發生什麼可怕的災難，她如果再度全身而退，周遭又是難逃劫難的話，身邊是不是至親，感覺會差很多。

不過這個想法她近來有修正，一是因為她似乎可以把幸運分給別人，二是她其實不是幸運女孩，反而是詛咒女孩。

災禍像是繞著她發生似的，她像源頭，所以不會有事的樣子。

這種想法很怪，卻也很合邏輯，只是沒有得到證實，她不想庸人自擾……就算是真的好了，日子還是得過下去，難道要她關在家裡足不出戶嗎？

她堅信一句話，生死有命富貴在天，再大的災難都會有生還、有身故，這就是命！

服務生陸續送餐上來，季芮晨看了食指大動，淺嚐一口意外美味，難怪Dabby會跟她約在這裡。

「等會兒妳就跟著我，我會跟大家介紹說妳是幫手，妳要做的就是仔細聽我說的，如果有團員不懂問妳的話，記得要回答。」Dabby邊吃飯邊談論等會兒的公事，「還有我們要協助領隊，留意每個團員，落單的，或是沒跟上的，提醒時間等等。」

季芮晨頻頻點頭，她記得之前參加旅行團時，地陪導遊也是有幫忙帶領團員、注意人數等等。

「我們要跟著這旅行團幾天，所以要活潑點，到下一個景點時可以再複習歷史，不會的就直接跟我說，盡可能不要離我太遠。」

「好，沒問題。」季芮晨戰戰兢兢，她得打起十二萬分的精神，不能夠分心。

是不是要交代鬼魅們也提醒她一下？不過他們實在不太可靠……一下惡作劇，一下沉溺於過去的悲傷，一下子又對她發洩不甘心的怒意，不妥……她還是靠自己好了！

「我聽說妳之前參加的旅行團出事了，是嗎？」Dabby好奇一問，果然好事不出門，一定是朋友多嘴。

「是有點事……」季芮晨笑得很尷尬。

「聽說好像全團就剩下四個團員回來而已，出團時多少人？究竟發生了什麼事？」Dabby的語氣顯得憂心忡忡，眼底卻閃爍著無盡好奇。

「這個說來話長，而且啊，我相信說了不好，會招致不好的運氣。」這倒不是針對Dabby，她對朋友也這樣說。

因為談論鬼，只會吸引更多的鬼，這個她敢拍胸脯保證，只要一有人開始講鬼故事，她耳邊鐵定會吵翻天！什麼叫三個女人等於一個菜市場？說那種話的人一定沒有聽過鬼尖叫咆哮的聲音，一個鬼就等於一個工地了好嗎？

「啊，是嗎？」Dabby愣了一下，「說的也是，我們等會兒就要工作了，最好什麼事都不會發生，大家都能平平安安的回家！」

季芮晨用力點頭，嘿呀，就是這樣才對。

有心的話，「孤狗」就可以查到她上次參加的那個「吳哥窟團」的新聞，畢竟二十人出發，回來剩下四個人也是一絕；大部分的人都報了失蹤人口，在柬埔寨當地失蹤，生不見人死不見屍。

當然也有發現零星屍體，有失足摔傷的，也有被殺。

那是個不同凡響的旅程，其間牽扯了太多的愛與恨，她也算「幸運」，什麼團沒搭上，偏偏碰上那個死亡旅行團，而且還是硬擠進去，簡直像是拚了命往死裡走。

不過一如往常的幸運，她活下來了，不只是她，有兩個團員也活著回來，還有一個實習的領隊……嘿，跟她一樣，實習的！

長得陽光帥氣，眉宇之間都帶著笑意，嘴角天生上翹，看起來無時無刻都在微笑，而他開懷大笑時，會有種陽光普照的感覺，不但養眼又很舒服，如果他有朝一日真的當上領隊了，一定很多人會指定他帶團。

下意識拿起桌上的手機用手指滑動，最可惜的就是這件事，她、她……的手機掉了！手機裡的資料，SIM卡裡的東西全部消失無蹤，加上她又沒習慣備分，搞得什麼都沒了，包括那個男生的資料一起消失！

明知道他在哪間旅行社，還曾硬著頭皮打去，結果人家說他離職了，問他的聯絡方式，對方不能說，再白目的問他現在在哪兒高就，對方更不可能講！

開什麼玩笑，就算只是新手菜鳥也是跳槽，怎麼跳都在同業，誰會報出別家名號？對方那位小姐客客氣氣的含笑問，妳有什麼事嗎？是要諮詢出國規劃嗎？

她也不好再問下去，悻悻然的掛掉，就這麼跟帥哥斷了聯繫。

唉，只是當朋友啦，她這樣失聯，對方也沒有找她，這種旅行團的萍水相逢，她是不該這麼花痴。

『花痴。』耳邊傳來恥笑聲，『嘿嘿，季芮晨又在發花痴了！』

嘖！她擰起眉，這些傢伙是看對面有人，所以她不敢發飆嗎？真惹人厭！她咬著燉肉。Dabby不知道是不是自己的錯覺，總覺得芮晨好像在生氣似的？

「芮晨怎麼會想到這裡來見習呢？」Dabby 換個話題，因為季芮晨實在太特別了，她甚至還沒有任何證照。

「叫我小晨就好了啦，我名字不好唸，拗口。」她嘟著嘴笑得甜美，「我想要遊歷世界各地啊，所以我得做萬全準備！」

「可是妳連執照都沒有……」

「回去再考就好了，有時間我得先出來晃晃。」換句話說，是她最近有錢有閒，等正式要考執照時，只怕就得找間旅行社待了。「我想了解領隊、地陪的工作，也想遊歷世界各國……說不定也找個國家定下來當導遊呢！」

一旦當了上班族，哪能讓她這樣玩？

「好難得，很少有人這樣準備的。」Dabby 這是肺腑之言，「尤其妳是來跟地陪實習……」

季芮晨笑而不答，有趣的事她都喜歡，跟著地陪又如何？反正一樣可以見習，像這樣跟著旅行團，可以一口氣學許多事情，又不必花團費，完全是一舉數得！

何況她語言沒問題，到哪兒都吃得開。

服務生上前斟水，季芮晨請她收走盤子，並且詢問是否可以再續一杯咖啡，坐在對面的 Dabby 露出驚色，不可思議的望著她。

「天哪，妳波蘭語說得好標準！」她完全震驚，「我是聽說妳會講波蘭話，所以不必我接機……可是妳聽聽妳說的，如果不看著妳，會以為妳是這兒長大的！」

「也差不多是啦……」季芮晨乾笑兩聲，Kacper 就在她身邊二十四年，她等於是在波蘭語的環境中長大的嘛！

「咦？」Dabby 一愣。

「沒有，我是說我鄰居是波蘭人，從小耳濡目染。」黏在她身邊的鬼也算鄰居對吧？嗯！

如果叫寄生蟲，他們會暴走，不好不好。

Dabby 還想說些什麼，突然電話鈴響，她趕緊接起來，原來是旅行團已經抵達餐廳用中餐，所以她們隨時可以準備過去了。

「好了，我還有五分鐘可以喝個咖啡。」Dabby 放下電話，「團到了，正在用餐，等會兒我們就過去。」

「咦？很近嗎？」因為她沒看見 Dabby 開車，她當然也沒車。

「很近，五分鐘之內就會到。他們才剛坐下而已，我們時間很充裕的。」Dabby 說得從容，服務生正巧遞上咖啡。

季芮晨做了幾個深呼吸，決定先去洗手間，這不比上次的吳哥團，她是當幫手不是去玩的，責任在身不能隨便，因此難掩緊張。

餐廳的廁所在地下室，螺旋樓梯走下去忽見一片陰暗，樓下一片寬廣，靜悄悄的，沒有座位，像是倉庫；隱約的燈光亮著，季芮晨往前尋找，發現廁所在右手邊的窄道底。

才往前幾步，男廁就有人走了出來，她不得不往牆邊貼著點，好跟對方擦身而過。

『你昨天殺了多少人？』

『一百多個呢！』

腐臭味衝鼻而來，季芮晨瞪圓雙眼卻不動聲色，她讓對方掠過後，從容自若的直往女廁前去。

走廊底有面鏡子，她從鏡子裡看見離開的背影，穿著的居然是軍服。

嘖！是故意現身的嗎？還是這地下室太過幽靜？季芮晨習慣聽鬼的聲音，但是討厭看到鬼，尤其是爛掉的、腐朽的，每一個都討厭！誰叫她身邊現身的鬼個個是俊男美女？

Martarita 不知道有多辣，Kacper 也是英俊挺拔……其他噁心的不是沒現身過，但是她會讓 Kacper 去扁他們。

厲鬼更可怕，她總會嚇得不知所措，在吳哥窟時實在看到怕了，行軍般的龐大死靈，還有含怨而死的醜陋女鬼，她完全不想再遇到第二次了。

準備走近女廁門口時，她後悔了，她非常想要離開。

為什麼女廁在角落而且更陰暗？季芮晨卡在門前幾公尺，直覺告訴她不該進去。

「Martarita……」季芮晨小小聲的呼喚著，幫忙看一下吧！

還沒得到回應，其中一間廁所門就開了，走出一名金髮的女生，剛好四目相交朝著她笑了笑。

呼！季芮晨鬆口氣，她承認從吳哥窟回來後有點像是驚弓之鳥，都是身邊的鬼吱吱喳喳個沒完，說什麼她磁場變得更陰了，出門在外要小心什麼的，真是呸呸呸！

有他們在身邊，她還需要忌著什麼嗎？

而且在吳哥窟那種生死關頭，這些傢伙不是嚇得躲得遠遠的，就是被鎮住，除了講話囉哩囉唆或是懷怨哭訴外，根本一點用都沒有！

金髮妹迅速的洗好手，季芮晨也往裡頭走去，廁所很多間，她想選擇後面一點的……才路過剛剛金髮妹走出的那間，其門半掩，卻有個人影坐在地上，用白色的眼珠子看著她。

不要回頭，季芮晨這麼告訴自己，這些傢伙是故意要她看見的，要嚇她？還是……問題是現在她又不能進去上廁所，誰知道對方會不會從隔牆下的隙縫爬過來啊！

離開！季芮晨直覺性的回身，但是要她再走回去，簡直是舉步維艱！

『救……我……』聲音和著血噗嚕嚕的傳來，『好痛喔，求求妳幫我……』

沒聽見沒看見沒聽見沒——她的褲腳瞬間被扯住，卡在馬桶跟牆壁間的女孩往外倒了下來。

她緊緊扯著季芮晨的褲腳，逼得她不得不看她！

那是名年輕少女，花樣年華的年紀，袒胸露乳的露出白皙但是染滿血的肌膚，她的衣服被扯碎，胸前有槍痕與……破裂的窟窿，像是刀傷。

『救我……』她臉上都是瘀痕跟血漬，哭得泣不成聲。『好痛……真的好痛……』

季芮晨不得不望著她，卻不忍往下看，她知道這個女孩是徘徊不去的怨靈，可能是在戰亂時受盡污辱而死亡的女孩，無法體會到自己已經身故，還在對外求救。

『為什麼不救我！為什麼——』女孩突然扯開嗓子嘶吼，『我很痛啊！我很痛啊！』

走開！季芮晨緊閉上雙眼，不是不救她，而是她已經死了！

扯過褲腳，她別過頭想要往外走，結果卻聽見整齊的踏步聲，像是軍靴踏在地上，整齊劃一的聲音，隱隱約約的，還可以聽見微妙的金屬聲。

下一秒從門口轉進來的，果然是兩個穿著納粹制服的軍官！

『啊！這裡有餘孽！』兩名軍官說時遲那時快，立刻抄起槍，扛上肩，對準季芮晨就開槍。

搞什麼東西啊！季芮晨下意識的蹲低身子，不過她身邊的傢伙倒是不甘示弱，居然也隔空開起槍來了！

『去死！』Kacper 拿著短槍瘋狂射擊，頓時槍聲大作，不絕於耳。

等……等等！季芮晨忍不住跳了起來。「你們都死透了，這樣要殺到民國幾年啊！」

這歇斯底里的咆哮聲，果然引來了旁人側目，還有女生正要進來上廁所，也被嚇得呆愣。

不過，這瞬間槍聲停止，所有的鬼影都消失了。

「啊……對不起……」她嫣然一笑，「我是演員，在練習台詞，沒注意到有人在！」流利的波蘭語帶著微笑，勉強算是化解尷尬，她也不再理會的旋身再往廁所去，一連進來好幾個人，地板上奄奄一息的少女也不見了。

「你們不要都給我跑掉，至少阻止一些傢伙！」她碎碎唸著，走進廁所裡。

望著與隔壁一牆之隔的地板，離地板尚有幾公分的間隙，拜託不要有什麼突然跑過來！

『我擋著了。』Martarita 嬌媚的聲音傳來。

讚！好樣的！

Kacper 沒有聲音，他很紳士，只要洗澡或如廁，他都會站到外面去。

她當然知道波蘭在二戰時有段悲慘的烽火歷史，但不期然會這麼快就看見有的沒的……不，她根本不認為自己會看見！

聽見悲鳴是自然的事，但是看見就太誇張了！而且他們還能抓著她的褲腳，甚至——一隻滿目瘡痍的手從右邊隔牆下的縫鑽了過來，似攀爬般的意圖跨過這牆下空間！

拜託！不要鬧！Martarita 妳只擋一邊有什麼用啦！季芮晨緊閉上雙眼別過頭，她不想上廁所時還看見那個，她會尖叫的！

那手往前匍匐沒有幾秒，立刻被什麼嚇到般的縮回去，季芮晨火速的衝出去，什麼也不多看、什麼也不多聽的急忙往樓梯上走；走在螺旋梯上時，還能聽見軍靴的響聲與她擦肩而過，槍桿上的金屬聲喀喀作響，她心底一陣寒，這兒處處是「遺跡」！

走上樓時，Dabby面露憂心的往裡頭望，因為季芮晨去得有些久。

「對不起！」她趕緊快步走出，連連道歉。

「沒關係，我還以為妳怎麼了……身體不舒服嗎？」她關心的問。

季芮晨搖搖頭，用甜美的笑容掩飾心裡的不安。

還沒開工就見著一堆有的沒的，波蘭的血腥怎麼會嚴重到這種地步？

「那我們就要走嘍！先過去跟旅行團會合。」Dabby從容站起，季芮晨原本還想付帳，卻發現帳單已經不見了。

「啊，那個……」她趕忙追上，「午餐的錢多少，我給妳！」

「咦？這頓我請妳，當做接風。」Dabby笑得很溫柔。

「這怎麼可以！」季芮晨皺起眉頭，現在一個是師父一個是學生呢！

「別想太多，也就這頓而已。」Dabby輕聲說著，走在石板地上，往左拐了過去。

季芮晨跟著進入餐廳，進去前不忘回首瞥一眼流水聲的來源，明明噴水池離得有夠遠的，耳邊卻跟耳鳴一樣，不停的有水聲傳來。

這麼一瞥，她就看見斜坡的石板地上有潺潺血水，正從坡上緩緩流下，血水量還不是一點一滴，而是像小細流般順著石縫蜿蜒細流。

該死！季芮晨立即正首往餐廳裡去，她沒事多看幹什麼！

Dabby很快就找到領隊，因為領隊通常都是最晚吃飯的那位，或是單獨跟司機坐一桌的人。

「嘿！我是Dabby！」Dabby熱切的靠近一張雙人桌。

「妳好，妳好！」對方立刻起身握手打招呼，「吃過了沒？」

「啊，我們吃過了！」Dabby笑著回首看著季芮晨，「這是我跟你提過的小學徒，她這幾天都會跟著我們，也幫你分擔一些工作。」

領隊愣愣的，瞪大眼睛望著季芮晨。

「季芮晨？」「小林！」

兩人異口同聲的指著對方嚷著，季芮晨一對眼珠子差點沒滾出來！

『嘿嘿，好有緣喔！』Martarita用蹩腳的中文咯咯笑著，『居然在世界另一端相逢了耶，嘻！』

噢，閉嘴啦！

第二章．戰火之都

「原來你們之前就認識啊！」Dabby喜出望外的看著面對面的一雙男女，「真想不到世界這麼小！」

呵呵，真的很小。

小林笑不太出來，他從一看到季芮晨後，所有不堪回首的記憶全部湧現！吳哥窟的血腥、殘害與受害者家屬的復仇心，包括那土地上的亡靈，每一個都讓他全身起雞皮疙瘩。

「你們是在哪裡認識的呢？」Dabby又問，這個問題讓兩個人同時愣住。

在哪裡？季芮晨眼尾悄悄朝小林瞥去，她覺得不要提比較妥當。

「很久以前的事了。」看來小林有志一同，隨便含糊帶過。

畢竟如果說是在吳哥窟認識的，而且還是四位生還者其中之二，任誰聽起來都會渾身上下不舒服吧？

『很久？也才兩個多月耶！』Martarita嚷嚷起來，『真是個負心漢！』

「喂！」季芮晨忍不住低斥，是在吵什麼啦！

「嗯？」Dabby一怔，不懂季芮晨為什麼突然蹙眉不耐，不過小林倒是立即領會，趕緊引開 Dabby 的注意力。

「妳們呢？我不知道她到波蘭來定居。」

「咦？不是啦，她不是來定居的！她想從事旅遊業，領隊或導遊都行，純粹是想多看多學……」Dabby 笑看著季芮晨，「你不知道她波蘭語說得多，真是太讓我訝異了！」

小林一點都沒有驚訝的模樣，只是連連點頭，這位 Dabby 還沒聽過她說柬埔寨方言，那才叫嚇人好嗎？上次的吳哥窟死亡團已經見識過季芮晨的「語言天分」，他很佩服，可是一點兒都不羨慕。

「所以……妳到這邊跟著 Dabby 學習嗎？」小林尷尬笑著，「證照考上了？」

季芮晨搖了搖頭，「還沒，但我一定考得上！我有機會就學習，不偷懶的！」

小林笑得很僵硬，他滿腦子想的都是曾經跟季芮晨經歷過的事情，現在又是一個旅行團，她還在這裡……當然他不認為她是災星，但他擔心萬一有什麼事，她會是幸運兒。

是的，唯一的幸運兒。

「我手機掉了，沒有你的聯絡方式，不知道你已經當領隊了耶！」季芮晨轉了轉眼珠子，「而且一開始就帶歐洲團！」

「我這是趕鴨子上架。」小林趨前，壓低了聲音。「還請 Dabby 多多幫忙，因為原本的領隊臨時盲腸炎，又沒人可以調動，我才被派過來的。」

「哎呀……放心，不難的。」Dabby 眼裡閃過訝色，看來小林的生疏讓她有些緊張。

「謹慎點，該做的、該注意的，我有空就會跟你說。」

她回頭望了望在吃飯的團員，已經進入觀察階段，還跟小林要了團員名單，季芮晨也跟著觀察。

小林待的算是中上的旅行社，團費不低，相對的人數較少，不過消費水準也較高，因此放眼望去，團員身上揹的穿的都叫得出牌子，不過這只限於物質水準，個人水準就不一定了。

其中有一家很特別，男主人姓蘇，夫妻倆光鮮亮麗，還帶著長輩出遊，不過孩子身邊卻坐著一個像保母的人。那一看就知道是保母，並非因為她是菲律賓人，而是她的動作習慣。

她戰戰兢兢的照顧著一男一女，一下子遞水一下子餵餐的，說實話那兩個孩子都小學了，卻依然讓她餵食伺候著，一邊照顧小的還得抽空看著老的，兩個老人家像是有什麼不吃，那位瑪麗亞正仔細的幫忙從餐點裡挑東西出來。

「那是帶菲傭出來玩的，找個人照顧老小。」Dabby 暗指那一大桌，「一來可以帶家人出遊，還不會勞煩到自己，二來又能讓菲傭出國玩。」

「那是玩嗎？」季芮晨皺了眉，那個瑪麗亞到現在幾乎都沒吃耶！

「沒辦法，她是給人請的。」Dabby 聳了聳肩，再看向其他桌。這團蜜月旅行的夫妻不多，只有兩對。

還有另外四個人是朋友，剛好兩對中年夫妻，都是退休老師，看來全是攝影同好，桌上好整以暇的擺著四台大相機。

Dabby 起身去問服務生接下來的上菜時間，小林抓緊時間立即拉過季芮晨的手，認真的望著她。

「沒聽見沒看到什麼吧？」他嚴肅異常。

「我……」她咬了咬唇，「聽到就別提了，這裡可是滿坑滿谷，可是我看到——」

小林瞪圓了眼，「妳沒跟他們接觸吧？」

「沒，是他們找我，都是納粹跟被殺掉的人，二戰背景。」她簡短的說著，然後趕快搖手。「跟我沒關係喔，他們故意嚇我的，每個都現身！」

「嘶……」他倒抽著氣，「算了，這裡本來就一定會有，不過妳如果聽到什麼奇怪的，一定要記得說。」

「噢。」季芮晨點了點頭，低首低喃。「聽見沒有，有事一定要通知我喔！」

小林狐疑的望著她，她現在是在跟「誰」講話咧？

『哪會有什麼事啊！』Martarita 高聲笑著，『好害羞喔，你們手牽手耶！』

手……季芮晨趕緊把手給抽回來，這舉動也讓小林一怔，旋即尷尬的紅了臉。

「Kacper？」她又咬著唇問，Kacper 平常就不多話，但是今天特別安靜。

『回家了。』低沉的聲音帶著嘆息，『他們回來了。』

「什麼？」季芮晨愣住了，Kacper 在說什麼？可是她來不及追問，Dabby 已經走回來，Kacper 也沉默了。

但這件事還是梗在季芮晨心裡，畢竟打小一塊兒長大，她不可能不了解 Kacper。他很少說廢話，也不打什麼啞謎，更不會無緣無故就著楓樹吟詩！

誰回家了？他們是什麼東西？

小林也記下這件事了，但是職責所在，他先跟大家哈啦聊天，說一下等會兒的集合時間，吃飽飯後大家有二十分鐘的閒晃時間，能夠在這附近逛逛，之後就要去科學文化宮。

當然也順便介紹了接下來幾天要相處的 Dabby，以及小小助手季芮晨，她一如往常的自稱小晨，跟大家開朗的自我介紹。

大概年紀相仿，蜜月夫妻最快跟她聊起來，甚至是主動找她閒聊的！

「還有半小時，說是給我們時間晃晃呢！」蘇太太吃飽喝足，往外瞥了眼。「爸媽，要不要去走走？」

「啊……好無聊，有什麼好逛的？」灰白髮的老母親皺著眉，「太陽這樣大！」

「唉，走走也好，難得來一趟，坐在裡面太無聊了。」身邊的爺爺已經起身，「走了走了，別乾耗在這裡！」

他催促著愛妻，男主人也過來幫忙，反而是女主人早就婀娜的走到前方去，先確認一下陽光有多強。

「太陽真大！」她回身，手一伸。「傘。」

還在幫孩子擦嘴的瑪麗亞，連忙往旁邊袋子裡一摸，拿出一把精緻的陽傘，忙不迭的起身往門邊趕去，遞上前。

「孩子顧著，我們往那邊走走。」她回身跟瑪麗亞交代，挽著老公的手，就要出發。

「等等爸媽。」男人低聲說著，那對老人家緩緩走上，就跟在他們身後。

此時此刻，坐在位子上的男孩一看到爸爸媽媽都走了，就囫圇吞棗的吃著水果，想要跟著一塊兒去。

「啊，慢慢吃、慢慢吃！」瑪麗亞用著有腔調的中文說，「不要急，媽媽等一下就回來。」

「我要去！等我！」小男孩放聲大喊，但眼看著爸媽都已經離開了視線。

這讓他更急，嘴也不擦的就要往外衝，不管瑪麗亞怎麼勸，還是一直用蠻力撞她。

季芮晨才準備上前要用小玩意兒安撫他，身邊的小姊姊不耐煩的睨了弟弟一眼，伸手拉住他的衣服。「坐下！」

「媽媽他們去玩了，我也要去！」男孩哭鬧著，聲音大到整間餐廳的人都在看他了。

「閉嘴！」小姊姊揪住他的後衣領，直接往後扯，硬把他扯坐回位子上。「大家都在看你了！」

「我不管！我要出去我要出去——」男孩被寵壞般的鬧著，瑪麗亞尷尬的不停向其他人說 sorry，小林立刻上前，只是在這之前，小姊姊居然轉過身去，把桌上未用畢的麵包直接往弟弟嘴裡塞進去！

弟弟措手不及，差點岔氣，瑪麗亞一下子愣住了，卻見女孩從容不迫。「再哭一聲，我就把你關到廁所，讓雪莉只帶我出去玩。」

「哎喲，這樣危險，不行不行！」菲傭雪莉緊張的趕緊把麵包拿走，男孩明顯被自己口水嗆到，咳個不停。

「怎麼了，我去拿杯溫水。」Dabby 飛快的出現，又走向櫃台跟服務生討杯溫水。

「不許你再哭一聲。」女孩凌厲的再警告一次，「等會兒雪莉會帶我們出去玩的，對吧？」

早熟的眼睛望著雪莉，她點了點頭，原本就是這樣，女主人不想帶著孩子走，才會把孩子丟給她的啊……事實上，原本爺爺奶奶也是她負責，但是男主人想要帶著爸媽一起玩，反而減輕了她的工作負擔。

「來來，喝點溫水。」Dabby 邊說邊從旁邊過來，男孩氣嘟嘟的甩手，像是說不必，姊姊回身淡淡說了一句「有禮貌」，他立刻就乖乖的坐好了。

「怎麼吵架呢？出來玩要開開心心的啊！」Dabby 溫柔極了，撫著男孩的臉。「你叫什麼名字啊？幾歲了？」

「蘇正昱。」男孩有張圓滾滾的臉，剛剛還哭紅了呢。「八歲。」

「八歲是小男孩了，不是小小孩，要懂事要聽話了呢！」Dabby哄孩子般的說著，「聽姊姊的話，等姊姊吃完了，再請——」

她回首，愣愣的望著菲傭。

「她叫雪莉。」女孩開口說話，極為優雅的拿餐巾拭著嘴巴周圍。

「噢！會帶你們去走走的，時間還來得及呢！」Dabby 餘音未落，立刻看向季芮晨。

「小晨姐姐也會帶著你們。」

「我？」季芮晨錯愕的指著自己，Dabby 悄悄對她使了眼色。是因為這兩個孩子都小，所以讓她跟著嗎？

問題雪莉是大人啊！

「倒是不需要，有雪莉在就放心了。」女孩起了身，「雪莉，我要去洗手間，我帶弟弟一起去。」

「啊，等我等我！」雪莉手忙腳亂的開始收拾桌上的東西。

姊姊對弟弟伸出手，弟弟則乖巧的牽上，然後她凝視著桌上的菜餚，再看了看腕間的手錶，最後居然看向季芮晨。

「妳不要急，雪莉，這位小晨姐姐會帶我們去玩，我們等等再回來找你。」她突然這麼對雪莉說著，「妳慢慢吃，妳都沒有好好吃飯。」

「啊？不行啊，我……」雪莉慌亂的搖頭，越說越緊張。

「這是命令。」小小的女孩，中氣十足的說出這四個字。

周圍的人都傻了，那女孩子長得高瘦清秀，但怎麼看都還是小學生模樣，卻有著女王般的氣勢與架式，緊接著她看向季芮晨時，眼神卻放了柔和，露出禮貌的笑容。「可以麻煩妳嗎？」

「可、可以。」季芮晨心好虛，點了點頭。

然後就看著雪莉呆呆的坐下，女孩牽著弟弟一塊兒往裡頭的洗手間走去。

「哇塞……我一時以為她也在跟我說這是命令耶！」季芮晨顫了一下身子，真嚇人。

「才幾歲，怎麼這麼厲害？」

雪莉開始拿起湯來喝，吃得有些快，小林走過來拍拍她，要她吃慢點。

「我看那女孩是為妳好，妳別趕，還有快半小時。」他溫和的說著。

「曉珊小姐一直都對我很好，雖然才十一歲，但她真的是個好孩子。」雪莉認真的點頭，「又體貼又善良，都會幫我想。」

「所以妳就慢慢吃，時間很夠！」小林轉頭望著季芮晨，「妳行嗎？」

「只是帶著孩子閒逛，怎麼不行？」切，這麼小看她！她可是要當領隊的人耶！

「真妙，所以他們真的是帶菲傭出來旅行喔？」那兩對中年夫妻揹起相機走了過來，

「妳是來工作還是來玩的？」

「都有啊，我也可以看看外國的風光，OK的啦！」雪莉很泰然，笑出一口燦爛。

「出來玩還這麼勞師動眾的，我算開了眼界。」一位陳先生戴上帽子，說話咬字頗像個老師。「要玩就認真玩，不然也別玩得這麼累。」

「欸，你懂什麼，人家就是想認真玩才帶菲傭出來的嘛！」身邊的長髮妻子上前，吐嘈的說。「你不知道帶小孩玩多累，以前都是我在帶好嗎？」

「好了好了，大嫂，這都幾十年前的事了！」後頭較年輕的男人笑了起來，「現在不是兩個人輕輕鬆鬆的環遊世界了！」

他的妻子拿起相機不經意的往雪莉拍了幾張照，不過沒什麼人注意，因為幾乎沒有快門聲；不過季芮晨跟小林都注意到了，女人的長鏡頭是對著雪莉的，放下相機的她笑笑，追上前頭的老公。

他們往前走出餐廳，季芮晨才發現長髮女人走路有些不便，一跛一跛的。

小林說這兩對夫妻老實說 sense 很好，既溫和又明理的感覺，跟其他人都會禮貌的打招呼，不生疏倒也不特別熱絡；但這是第一天，往後幾日熟了些，或許會有不同的性格展現出來。

至於那位頗具氣質的長髮太太叫徐若凡，有個人如其名的名字，是輕微的小兒痲痺患者，保證不會影響大家的行程。

華沙的街道樸實中帶著優雅，連路燈都綴有花飾，蘇曉珊雖然僅小學五年級，看起來倒是很早熟，她還有自己的相機，所以季芮晨就拚命幫他們姊弟倆照相，小小年紀還是可以看出美女雛形，其實她媽媽相當漂亮，孩子自然也有良好的遺傳。

而這個年紀也越來越愛漂亮了，姊姊會跟弟弟合照，但也希望有獨照，尤其是一些特別美麗的景色。

「曉珊？」正在拍照的季芮晨看見他們的母親前來，「你們怎麼在這裡？」

「媽咪！」正昱直接往前衝，筆直撲進媽媽的懷抱裡。「媽咪，好好玩喔！那邊有好多石頭！」

「欸欸……你都在流汗，不要碰到我的裙子！」蘇太太嫌惡的把孩子推開，「媽媽說過多少次了，要抱抱時該怎樣？」

「唔……」正昱難過的皺著眉，「先把汗擦乾淨。」

「對！雪莉！雪莉呢？」蘇太太左顧右盼，卻只看到季芮晨這個有點陌生又熟悉的人，「妳是？」

「啊！是地陪的幫手，小……小晨！」還是蘇哲富記得清楚，「怎麼是妳帶他們出來玩？」

「我帶他們到附近晃晃、拍拍照。」季芮晨刻意迴避他的問題。

「那雪莉呢？」蘇太太倒是皺起眉，彷彿雪莉犯了什麼滔天大罪。「她應該要照顧孩子的，跑去哪裡偷懶了？萬一出事怎麼辦！」

「出事？」季芮晨很誇張的噗哧一聲笑出來，「蘇太太，我好歹是未來的領隊地陪什麼的，我帶著他們，比人生地不熟的雪莉更安全呢！」

她掛著甜甜的笑，心裡其實很想抱怨，那個雪莉連頓飯都不能好好吃，這媽媽還頤指氣使的，真讓人不舒服！

冷不防的，她的手被牽了起來，曉珊上前緊握住她的手，看著母親。「是我讓雪莉吃飯的，然後小晨姊姊就帶我們出來玩！好好玩呢，我們拍了好多照！」

她邊說，邊伸手向她要相機，季芮晨遞過去後，她便跑向父母與阿公阿嬤，炫耀著剛剛拍的照片。

果然是個貼心的孩子，刻意引開注意力，不讓母親把重點放在雪莉身上。

「要不要過去看相片？」季芮晨蹲下身來，因為弟弟沒有跑過去跟家人一起，反而站在原地看向眼前的巷弄。「剛剛你拍了好多張照片都好可愛喔！」

「嗯……那是什麼？」正昱指向前方的巷子，好奇的歪了頭。

「什麼？」季芮晨往前梭巡，什麼容易引起孩子注意呢？冰淇淋店？玩具車？腳踏車？真糟糕，她不是孩子，無法同步思考！

「他們受傷了嗎？都在流血耶！」正昱轉過頭望著她，「還有人在地上爬耶！」

——咦，季芮晨腦子瞬間一片空白，他在說什麼？

「地上有好多子彈喔，我可以撿嗎？」正昱又問了，邁開步伐想要跨過橫向的巷道，筆直走進去。

「不行！」季芮晨趕忙把他抱起來，這個小孩看得見！

她一抱起孩子就讓他背向那條巷道，在她眼裡那是條乾淨無物的巷子，只怕這孩子見到的不是那麼一回事！

滿目瘡痍的街道以及鮮血如河，到處都是慘死的人們，這不是孩子該看到的，但偏偏孩子單純，有雙清明眼眸，總能輕易見到這些異狀！

「怎麼了？」蘇哲富走了過來。

「嗯……他剛剛想穿越過去，我怕危險。」季芮晨擠出笑容，又再度應付過去。

「正昱，不可以喔！怎麼可以穿越馬路呢！」雖然沒什麼車，又是石子路，孩子心裡可能不覺得那是馬路。

「可是爸爸，那邊有——」正昱硬是轉了半身，換一隻手指向巷子。「咦？不見了！」

「什麼東西不見了？」蘇哲富笑著，寵溺的接過他。

「剛剛有好多人——」

「冰淇淋！哇，這裡有冰淇淋店耶！」季芮晨驀地高分貝興奮出聲，「有沒有人要吃冰淇淋？」

冰淇淋！孩子的注意力立刻被拉走，完全忘記剛剛看到的慘狀，蘇哲富也順著她指的方向看去，靠巷口的地方果然有塊可愛的粉紅招牌，上頭就是繽紛多彩的冰淇淋樣式。

「我要吃！」正昱立刻舉手，開心的笑開了嘴。

「剛吃飽而已。」蘇太太皺眉。

「沒關係，我也想吃我也想吃！」阿公樂呵呵的，「誰要跟阿公去買冰啊？」

「我！」正昱掙扎扭動著，讓爸爸放他下來，跑過去牽起阿公的手。

幾秒後，一家老小就朝著那曾經滿目瘡痍的巷子走進去，進入了冰淇淋店；季芮晨望著他們的背影，往後貼上牆，她突然有種虛脫的感覺……好累！

『回來了……終於回來了！』金屬拖曳聲傳來，『終於……要回家了。』

季芮晨不動聲色，眼睛緩緩的往下望，看著一個只有上半身的士兵，正拿槍枝當做柺杖，一寸一寸的往前爬著。

他的下半身被炸爛了，肚破腸流，腸子拖得很長，一端還在體內，另一端在地上拖行，怵目驚心。

『回家……』他爬過她的腳板，季芮晨嚇得顫著身子，但是也只能緊貼著石牆，不敢輕舉妄動。『回家了！』

緊跟在他身後，有更多的傷兵拖著殘缺的身子往同一個方向前進，他們根本沒有完整的身體，不是馬蜂窩，就是被亂刀刺死，不然就是被炸得支離破碎。

他們或用手或抓著東西往前爬行，也有人還殘餘著膝蓋以上的部分，所以能吃力的往前爬行，每個破碎的死靈雙眼都燃燒著某種信念，而且手上身上的刀與槍都沒有鬆開過！

「Kacper。」季芮晨闔上雙眼，幽幽喚著。「這是正常的嗎？」

『不，是因為要回家了。』Kacper 幽幽的說著。

「回家？」不能說清楚點嗎？

『遙遠的同胞們，要回來了！』

第三章．軍靈

抵達旅館後，季芮晨才有一種鬆一口氣的感覺。

幾乎都要額手稱慶了，這半天的行程沒有任何狀況跟意外，雖然在科學文化宮裡聽見慘叫聲與哀號，不過都是小事，畢竟華沙本來就曾戰火處處，波蘭戰役更是慘烈，當初在華沙就有二十五萬人喪生！大概抓個數字，假設只有十分之一的亡靈徘徊世上，也絕對達到吵死人的標準，這早在她預料之中。

她只求沒有意外，死靈徘徊是他們的事，幾十年來他們都在做一樣的動作，在戰火中苟延殘喘、在血泊中等待死亡、在恐懼中躲藏，日復一日，年復一年；Martarita 說，有自覺的死靈並不多，因為多數有自覺的都會前往該去的地方，剩下的便是無法掙脫死亡的靈魂，或是還有執念在世的靈魂。

她身邊也不乏這類的亡靈，只有幾個比較特別的，像Martarita、Kacper、小櫻等幾個，能與她自然對話；他們有自覺，但是還不想走，Martarita 說有事未了，Kacper 說不知道該怎麼離開。

所以這世界鬼才會這麼多，有各種不同的原因及理由，讓他們離不開現世。

「余俊賢！」小林抓著一把磁卡在對名單，其中一對蜜月夫妻的圓圓老公趨前，季芮晨也趕緊幫忙接過房卡，一一發送。「M！」

喊到蘇哲富一家時，都由雪莉接過鑰匙，小林瞥了她一眼，也順道把老人家的房卡號碼都給她。

「李博智、陳偉！」這次喚的是退休老師們，小林把他們排在隔壁，這是貼心小舉動。

接著小林簡單介紹早餐餐廳在二樓，明天七點 Morning Call，八點半出發，請大家務必準時。

「聽見了嗎？八點要下來吃早餐。」蘇太太對著雪莉交代，「該備妥的都得準備好喔！」

「知道。」雪莉認真的點頭，正把大包小包的東西揹上肩。

蘇氏一家是夫妻一間、爺爺奶奶一間，孩子跟雪莉一間，小林說雪莉是加床，所以是地上的床墊，這樣她方便照顧孩子。

「時間還滿早的，等等到我們房間來吃點東西！」大家在電梯前等著，陳偉正在跟李博智閒聊。

「好啊，冰箱裡應該有啤酒可以喝吧？」李博智的妻子阿桃也興致勃勃，「來打牌好了！」

「好好！那誰輸了……誰請啤酒！」陳偉的長髮妻子徐若凡輕柔提議。

「那有什麼問題！」

有別於這邊的和樂融融，蘇太太正在交代雪莉等會兒該做的事，要先幫孩子洗澡、準備明天的東西，還有爸媽的衣服跟行李，都要記得拿出來擺好……季芮晨當然知道那是她的工作，但不知怎的，就是不舒服。

一直到他們都上樓了，Dabby 也先回房休息，小林跟櫃台拿了兩瓶啤酒，塞進季芮晨手裡。

「辛苦了！」他笑著，栽進大廳的沙發裡。

「雪莉才辛苦吧！」季芮晨噘著嘴，「覺得這樣出來玩更累！」

「沒辦法，那是她的工作啊！」見季芮晨還沒要上樓，小林伸手幫她打開啤酒。「帶團會遇到各式各樣的人，要學會只看不想也不言。」

「我知道。」季芮晨灌了一大口，「唉，應該是不喜歡那種態度吧！」

從蘇太太的口吻與眉宇間，總是可以瞧見一種驕傲與歧視，她不只是對待一個傭人有高低之分，甚至還有更深一層的歧視。

小林左右張望一輪，才無奈的說：「歧視菲律賓人跟印尼人的台灣人本來就很多，我在台灣就已經看到不要看了。」

「我也知道，就是不愛。」她歪了嘴，又灌下一大口。「啊，累了！工作跟玩樂果然不一樣！」

「切，妳還只是助手耶！」小林站起身，「走吧，累了就回去休息，妳跟 Dabby 一間知道吧？」

「知道！」她笑了起來，「這麼順利真是太好了……」

嗯？小林怔住，不由得多看季芮晨一眼。「這話什麼意思？」

「沒有啊，就一切順利很棒啊！」她睜大黑白分明的圓眼睛，眨了眨。

「最好是……妳這樣說，我怎麼聽怎麼怪！」小林瞇起雙眸，俯頸湊近她。「季芮晨，妳是不是有什麼沒說啊？」

「沒有沒有！」季芮晨忙不迭的搖著頭，「我怎麼會瞞著你什麼呢，大家都同一艘船上的人──」

「上次在吳哥窟時，妳一開始也沒說實話。」小林立刻打槍。

季芮晨沒好氣的扯了嘴角，「喂，上次跟你又不熟，我怎麼可能初見面就說『你好，我看見有幾個可怕的厲鬼跟著我們』醬子……。」

「我說我信了。」他聳了聳肩，電梯門開，禮貌的請季芮晨先走。

她嘛著嘴，背靠著電梯裡的鏡子，她哪知道會有人信啊……小林對她的確信任有加，可是她潛意識還是避免跟他提太多，這是從小養成的習慣，從另一個世界看到聽到的東西，她幾乎都不過問，就是不想造成恐慌或遂了死靈的計畫。

「我……」張口欲言，偏偏電梯停了下來，他們住二十七樓，樓層還沒到咧。

她微噘著嘴，她剛剛是想講的，不過得趁沒人的時候吧？嘆口氣，眼睛盯著地板看，煩惱起明天的行程。

一雙沾滿血與泥土的軍靴突然出現在眼前，季芮晨愣了一下，稍微順著往上，看見的是有破洞且沾滿血的褲管！

不會吧！她心裡想著應該立刻拉小林衝出去，可是現在連頭都不敢抬，結果聽到電梯又關起來的聲音！

不要！她不想跟這些傢伙關在同一個密閉空間裡！

季芮晨全身都在發抖，她依然死盯著地板，令人厭惡的是，電梯裡不止一個，而是兩雙腳在眼前，奇怪的是小林也沒有任何聲音，她無法得知小林的狀況，只祈禱電梯快一點……

不對，萬一先抵達她房間的樓層，他們的還沒到該怎麼辦？

走開走開！季芮晨緊閉上雙眼，她一點都不想看見他們！傾聽她做得到，但是不需要特地現身來嚇人，她無法完成任何人的祈求，也不回應任何人的傷痛，所以為什麼不能把自己的陰氣降低一點，要讓大家輕易瞧見呢？

明明該是很快就能抵達的樓層，此時卻漫長無比，季芮晨忍不住悄悄睜眼，好想看一下數字到了哪一——

一睜眼，四目相交。

衣衫襤褸的士兵手上拎著自己的頭顱，那顆血跡斑斑的頭正仰首看向她，藍色的眼珠覆有一層灰白質地的薄膜，臉上全是汙泥與傷痕，眉心有個彈痕般的窟窿，皮開肉綻，只得一圈黑。

頸子的斷口呈現不規則狀的撕裂，有著鋸齒般的傷口，像是被鋸下般，沒有嘴唇的嘴裡是發黑的牙齒，頭顱正咬牙切齒的猙獰，緊緊的盯著她！

『妳在看什麼！』忿怒的聲音是從齒縫裡迸出來的。

季芮晨差一點點就尖叫了！看什麼？廢話，一顆頭就塞在眼前，還有別的頭可以看嗎？但是這一抬首，逼得她看清楚電梯裡兩個死靈的模樣了！

兩個都是軍官，穿的不是納粹的衣服，逼近她的那位，一手拿著槍一手拎著頭，脖子有著碗口般大小的窟窿，從皮膚開始可以看見一層一層的肌肉組織，還有中間凸出的頸骨。

另外一個雙手持長槍，看起來謹慎嚴肅、不發一語，但是季芮晨可以透過他看見電梯門，因為他的肚子是一個大大的洞。

『要從哪裡出去！大家都要回來了！』那顆頭激動的咆哮著，『放我出去！女人！妳說話！』

說什麼啊？電梯門開了就可以出去了啊！季芮晨咬著唇，眼看著樓層到了，但是這兩個死靈的樓層好像還沒到……季芮晨心裡低咒了千萬遍，她得穿過他們才能出電梯對吧？

她一點都不喜歡穿過鬼，可是空間這麼小，她完全沒有可以閃躲的地方啊！

這時，小林突然一把拽過她的手，在電梯門一開啟時就往外衝！

季芮晨的確反應不及，但是能跑出這裡就是萬歲！她咬著牙，穿過可怕的死靈們，只是才到電梯門邊，她的衣服居然被扯住了！

回首一看，拿長槍的死靈居然揪住她的帽T！她詫異的回首，看著那未曾開口的死靈，他正怒目瞪視，張嘴狂吼，且湊近仔細看才知道，他不是不說話，而是他的舌頭被割斷了！媽呀！

「放手！」她低聲叫著，小林回身再使勁，電梯裡的傢伙居然更用力的把季芮晨往後扯！

『想逃到哪裡！』後面的斷頭人高舉起自己的頭咆哮，作勢要扔過來。

小林才準備抓護身符擋擋，手上的人突然力道一鬆，整個人往他身上撲了過去。季芮晨也不知道怎麼回事，只感覺帽子上的手被撥掉似的，沒人拽住她，整個人就重心不穩的往前倒了。

小林整個人不支的摔上地板，季芮晨就趴在他身上，不知情的人看起來還真有點曖昧，誰讓她貼著他胸膛，彼此的手還緊勾著不放。

電梯門沒關上，裡頭燈光異常閃爍。

「走！」小林連忙推著她起身，此地絕對不宜久留！

季芮晨跌跌撞撞的被攙起來，電梯門此時開始關上，才關到一半，就像被什麼擋住般的震顫又打開，那是因為被割舌的士兵卡在門口，被電梯門夾了又放，還因此盛怒。

『快離開！』宏亮的命令聲傳來，季芮晨嚇了一跳。

一方面小林也拉著她跑，她訝異的回首。「Kacper？」

向右拐進長廊，小林一邊跑一邊注意房號，他的房間勢必會先到，現在也沒空管這麼多，拽著季芮晨奔向房間，還因為煞車不及差點過了頭，掏出房卡敲門按鈴嗶的一聲，季芮晨是被推進去的！

「哇啊！」她整個人往前仆倒在地，耳邊聽見喀的一聲，瞬間燈火通明。

小林無力的貼在門板上，手上的房卡才剛插進電源裡，臉色有點慘白的望著趴在地上的季芮晨；她也懶得站起來了，半爬到就近的牆邊翻身坐下，這時才聽見疾速的心跳聲。

「你、你、你有看見？」她仰起頭，望著依然貼著門的小林。

「嗯！」小林的頭點得戰戰兢兢，臉色慘白的狂冒冷汗。「他們一進電梯我就看見了！」

「連你都看見，這太誇張了，他們的負磁場能量也太強了吧？」換句話說，如果剛剛上樓的是一般旅客，也會被嚇得魂飛魄散。「這裡的亡靈太誇張了！」

季芮晨雙手掩臉，發生過戰爭的土地被血與恨灌溉後，連亡靈都變得比尋常更加駭人！

「最誇張的是他們還抓得住妳！」小林忍不住打了個寒顫，「只是一般路過的傢伙能夠輕易觸及人類，甚至緊抓著妳不放——他們說了什麼？」

「我能不能說聽不懂……」她一臉無辜。

「Dabby說妳波蘭話說得超級好……我想妳的語言環境中也曾經有波蘭話吧？」小林嘆了口氣，「說吧，找妳的嗎？」

「呸呸呸！什麼找我的，沒禮貌！」季芮晨根本是睜著眼睛說瞎話，要不是她的磁場，哪有這麼多魍魎鬼魅會飄過來多聊兩句？「那顆頭把臉塞到我鼻尖，還屌屁的問我妳在看什麼，然後又說……回家的事！」

小林深吸了一口氣，勉強擠出一絲微笑，訕訕的朝季芮晨走過去，那笑容越深，她卻覺得越毛骨悚然。

「『又』說啊……」他立定在她面前，雙手抱胸的睨著她。「季、芮、晨！」

「哎、哎喲！」她不耐煩的哀了聲，「就只是有孤魂野鬼碎碎唸，你總不會希望我每一句都當真吧？」

小林沒好氣的撇過頭，將手裡快灑完的啤酒隨手擱著，拿過熱水壺，先進浴室洗手裝水，擱回茶座上加熱。

呼，季芮晨自個兒站了起來。「生氣嘍？」

「沒有。」小林瞥了她一眼，上前接過她手上的啤酒瓶。「把手洗一洗。」

她努了努嘴，依言先把滿是啤酒的手洗乾淨，對著鏡子用力做了一個深呼吸，耳邊現在很安靜，小林的房間裡靜寂無聲，不是完全沒有鬼，就是沒有愛說話的。

「Kacper？你在嗎？」她小小聲的對著鏡子說，「Kacper？」

沉默了幾秒，季芮晨顯得有點心慌，蹙眉絞著手，再喊了幾聲，還是沒人應。

「Martarita？Tony？」

糟！怎麼都沒人回呢？啊！季芮晨突然想起，身為領隊的小林身上一定有帶一堆護身符什麼的，之前在吳哥窟認識時，他只是實習生，就已經準備了不少迷你佛像、迷你桃木劍什麼的，以防萬一。

該不會這兒也有什麼佛像鎮著吧？才想走出去，卻赫見小林曾幾何時就倚在門邊，雙手抱胸，不懷好意的瞅著她。

「幹、幹嘛這樣看我？」她尷尬極了，活像自己做了什麼壞事。

「Kacper 是誰？要妳對著鏡子呼喚？」他挑高了眉，「剛剛我們跑離電梯時妳也喊過。」

「……朋友。」她沒說謊，「欸，我先問你，你是不是身上還是房間有什麼佛像還是平安符的？」

「我想想，那應該要帶嗎？」小林一臉裝傻樣，才兩秒立即正色。「妳在說廢話嗎？季芮晨，我之前就說過了，當領隊就是要萬事俱備！」

「難怪都沒人應我，你那個什麼宮的很厲害，大家都怕。」她絮絮叨叨的唸著，邊唸邊往門口走。「要不是念在大家二十幾年的交情了，我早該去一趟……」

「喂，妳是在碎碎唸什麼東西？」小林以身攔住她，「妳現在有勇氣出去？」

唔……小林戳中她的恐懼，季芮晨望著那扇雪白的門，最終選擇放棄，頹喪的反身走回房裡，直接栽進沙發裡。

「他們應該沒事吧？」她搔了搔頭，難掩憂心。

「說中文，季芮晨。」熱水壺跳了，小林沖了兩杯茶，一杯遞給了她。

「我不是說我有語言環境嗎？就一堆鬼都在旁邊說話，只是他們單方面說，我也不一定聽得懂，所以……有些一起長大的朋友。」她頭一次跟人家解釋她的「朋友」，小林只是定定的望著她。「Kacper 跟 Martarita 是最要好的，剛剛我被死靈揪住帽子時，應該是 Kacper 幫我解開的，接著他就叫我跑！」

小林小心的吹著熱茶，啜飲了幾口，沒有驚訝的神色，也沒有什麼特別的表情，就只是聽著。

「像守護靈那樣啊……」他了然於心的點著頭。

「咦？守護靈？」季芮晨不由得皺起眉，「我覺得不像耶，他們不是每次都守護我好嗎？惡整我的時候你都沒看見，他們只是不想走而已！」

「噢，這樣性質上的確有差異。」守護靈一般來說，是以守護主人為主，多半都是情人，或是父母祖先。「不過危急之際還是保護了妳，也算不錯了啦！」

「因為 Kacper 是波蘭人吧。來到這裡後他一直怪怪的，很介意這邊的狀況。」她不由得擔心起來，「白天時他就提到回家的事，不知道誰要回來，路上的亡靈都往同一個方向爬行，也是提到回家。」

「回家？」小林不明白，「他們照理說該是本土亡靈啊！」

「亡靈還分本土跟外來的嗎？」季芮晨扁了嘴。

「當然有，我相信蘇聯跟德國軍隊的鬼魂在這裡絕對是屬於外來鬼。」小林說得頭頭是道，「二戰時殺得你死我活，波蘭鬼應該恨死蘇聯跟德國兩邊的鬼了。」

「最好是，萬一打起來是沒完沒了的打法。」都死透了，難道要繼續打到幾千年後嗎？

小林聳了聳肩，他也希望不要，這國家已經很慘烈了，戰爭也已經結束，傷痛雖在，但更希望那些亡靈能安息。

「我現在只希望這些事跟我們沒關係。」小林語重心長，「妳等等有空最好問一下妳『朋友』，為什麼那些人要抓妳。」

「呸呸呸！什麼抓我？只是被發現我看得見而已！」季芮晨立即發難，「別又扯上我，我可是無辜的！」

小林搖了搖頭，蹲下身打開自個兒的行李箱，季芮晨好奇的湊過去看，下巴差點沒掉下來——上次去吳哥窟時，小林只帶了個腰包大小的道具法器，這一次，是半個行李箱耶！

「你這半箱都是……」她不由得蹲了下來。

「只是東西材積大了點，多半是佛像，這都是以防萬一用的，經過上一次事件後，妳覺得我不會更謹慎嗎？」小林有些窘態，「妳呢？沒有全副武裝出門？」

季芮晨倒抽一口氣，小嘴張成O字形，眼睛快速的眨了又眨。「沒有。」

小林眼睛瞪得更大了，他手裡抓著一條特別的手鍊，抓過季芮晨的手就套上去。「妳，沒有危機意識就算了，這個戴好。」

「什麼叫我沒有危機意識，先生，你難道認為我會每一次都遇到像吳哥窟那種事嗎？」她沒好氣的托著腮，一手高舉起來。「這條跟之前的不同耶。」

渾圓黑得發亮的大珠子，還有個特別的墜飾。

「戴著就是，這次都是升級版！」他說得超認真。

「小氣！」季芮晨吐了吐舌。

「妳知道這一條要多少錢嗎？我可是花大把鈔票買來的，怎麼可能大放送！」小林才懶得理她的諷刺，「不喜歡就還我，反正妳有什麼『朋友』嘛！」

才伸出手要取下，季芮晨立刻縮手。當然要戴著啊，如果真的可以避開那些有的沒的……等等，她歪著頭回憶了片段，當初在吳哥窟時，小林準備的東西都沒有什麼用啊！

「這確定有用？」她很不想這樣懷疑別人的心意，但上一次的真的沒用。

小林沒說話，逕自朝她伸手，季芮晨最後還是縮著手不還他，俗說說得好，有戴有保佑嘛！

她起身，把桌上的茶一口氣喝完，時間是不晚，但還是應該要養足體力，早點睡覺才是，掙扎幾秒後往外望，她總不能睡在這裡，遲早要出去的。

「我應該要回去了。」季芮晨一直在深呼吸，「不會一開門就有什麼東西……在等我吧？」

「如果真是這樣，那我會請妳明天開始不要跟著我們這一團。」小林說得乾脆，直接把人送出去。

「喂！你怎麼知道是我？從坐電梯到現在，我們兩個人都是在一起，搞不好人家是看上你咧！」嘖嘖嘖，帥哥。

小林懶得理她，逕自拿起一尊迷你佛像往門口一擺，還是有些緊張的看了季芮晨一眼，兩個人以眼神傳遞訊息，三、二、一——門一拉開，季芮晨全身下意識的凍住！

沒人。

小林把手伸得長長的，佛像就擱在掌心遞出去，外頭一片風平浪靜。

他這才放心的踏出一步，站在走廊上左顧右盼，雖說是長廊，但是除了他們，一個人都沒有。

「走吧！」小林回首，季芮晨已經走了出來。

見平安無事不由得鬆口氣，沒忘跟小林道謝說晚安，隨後她還是加快腳步的往自個兒的房間步去。

「妳搞什麼拖拖拉拉的，沒看到正昱很想睡了嗎？」

驀地一陣怒吼聲從某個房間傳來，讓季芮晨下意識停下腳步，巴庫再巴庫的回到那扇門前。

「對不起，可是爺爺也說他很累……我才想先去幫爺爺。」是雪莉的聲音。

「不要拿爸做藉口，幫孩子洗澡要多久？弄到他又哭又鬧的不是大家都不開心嗎？把他先搞定了再去幫爸，這點順序都不會判斷？」蘇太太連珠炮似的罵個沒完，「我是帶妳出來度假還是享受的嗎？懶骨頭！」

「我沒有我沒有……我馬上就去幫正昱洗澡！」雪莉的聲音聽起來很慌張也很害怕。

「不必！現在他來黏我了，根本不會讓妳洗，我來就好！」蘇太太氣急敗壞的說著，「妳喔，專門破壞我的心情，專找工作給我做就是了！」

房間裡幾秒的沉默，沒有怒罵聲，反正顯得有點怪異。季芮晨大方的站在門口聽，她不知道這算不算偷聽，但是就是移不開步伐。

無奈的嘆口氣，才準備邁步向前，卻赫然發現隔壁房的房門是開著的！一小條縫隙開啟，一隻眼睛在那兒滴溜溜轉著。

她狐疑的側首，門開得更大了些，是曉珊；她伸手比了一個噓，示意季芮晨別張揚。

然後終於出現蘇哲富的聲音，「好了，妳到底在氣什麼？做不對的地方講講就好，老是這麼罵來吼去的，聽了就煩。」

「是怎樣？你現在是對我有意見，還是護著她？」

「神經病。」

「蘇哲富！我早就說過她既會偷懶又笨，你偏偏急著要請人，多觀察一下會死嗎！」蘇太太的聲音比較遠了些，似乎往裡頭走去。「我請菲傭是為了要輕鬆，不是加重工作……妳還站在這裡幹什麼，要我幫妳開門嗎！」

「沒有沒有，對不起……」雪莉慌亂的往門邊來，季芮晨嚇得往前跑，而隔壁房門也極為輕悄的關上了。

她假裝沒事的往前走，完全不敢回頭，聽見雪莉出來的關門聲，然後是另一扇門打開的聲音。

「我已經洗完了，換妳去洗。」隱隱約約的，傳來曉珊的聲音。「我已經小五了，不需要人家幫我洗澡。」

門叩的關上，季芮晨心情變得很沉重，不是因為那些陷在二戰的亡靈，而是對於雪莉，或是那兩個孩子。

找到了自己的房間，輕輕叩門，Dabby很快的出聲，疾走過來開門。

「小晨，妳跑到哪裡去了？」她憂心中帶著一絲不悅，「我很想洗澡又不敢洗……」

「對不起！」季芮晨趕緊雙手合十的道歉，她忽略對室友的影響了。

「沒關係，回來就好！」Dabby關上門，上了閂，拖著步伐往房間走去，她們的行李都已經送到了。「如果下次這樣要先跟我說，不然我很難做事。」

「抱歉，我知道了。」季芮晨再深深鞠躬不敢亂動，直到Dabby掠過她身前，才乖乖的跟在後頭。「妳快去洗吧！」

短甬道後是兩張大床，Dabby選擇睡在靠牆這邊，靠落地窗那邊就留給了季芮晨，Dabby從床上撈過換洗衣物後就往浴室走去，幾秒後浴室門關上，裡頭傳來水聲。

而季芮晨卻還站在原地，腦子裡是一連串的髒話！

有個渾身是血的男孩就站在床邊，低垂著首看著地上，身上沾著泥土葉子，血滴答滴答的落個不停。

天哪！這是要她怎麼睡啦！

第四章．歧視之源

小林穿著輕便的水藍T恤跟運動長褲，精神抖擻的站在二樓餐廳外頭一一迎接著晨起的團員。

「早！睡得好嗎？」他亮出陽光笑顏，讓每個人都跟著笑起來。

「呵呵，睡得不錯啊，床很舒服！」爺爺笑咪咪的，看起來精神飽滿，身邊的妻子牽著孫子，也是眉開眼笑。

「床有點軟，睡得我腰痠背痛！」蘇太太撫著腰抱怨，「小林，接下來的旅館床都會這麼軟嗎？」

「呃……不一定啊，妳不習慣睡軟床嗎？那我再幫妳注意一下！」小林在心裡記下，每個人睡眠習慣不同，這也是領隊得留心的。

走在最後面的依然是提著大包小包的雪莉，大家幾乎都把隨身包包扔給雪莉拿，小林見狀，不忍的上前，主動幫她接過兩個提袋，卻又嚇得雪莉連忙搖頭。

「就幫妳拿到位子上而已。」他輕哂，幫雪莉拿東西不為過吧？這家人也只是不想自己拿而已。

雪莉身邊是曉珊，揹著自個兒的背包，望著小林道聲早安。

一行人入座，早餐是自助式的，幸好不會有人要雪莉去幫忙拿菜，所以雪莉有空可以先把東西擺好，然後靜待大家都拿回來後再去取用。

退休老師們早就在裡面了，也是親切的相互道早，蜜月夫妻還沒出現，小林踅回餐廳門口，才看見走來的Dabby跟季芮晨。

「早！」Dabby中氣十足，「吃飽啦？」

「我等會兒再吃，不急。」小林笑答，他們領隊吃東西都是練過的神速。「妳們快進去……喂，妳是發生什麼事？」

跟在Dabby身後的季芮晨一臉沮喪不說，兩隻眼睛下方掛著可怕的黑眼圈，模樣憔悴，看起來超級可怕。

「她好像沒睡好，早上起來就這副模樣了。」Dabby也一臉憂心，「打起精神來啊，小晨！」

「Dabby，妳先進去吃，我不能讓她頂著這張臉進去嚇人！」小林先讓Dabby進去，再拉著季芮晨往一樓走去。「兩組蜜月的還沒出現，有的話妳幫我注意一下！」

「沒問題！」

小林二話不說拉過季芮晨往一旁的寬敞紅毯梯步下，直接往化妝室的方向去。

「喂……」季芮晨沒好氣的喊著，「你強拉我到這邊來幹嘛？」

「誰強拉妳？妳有帶化妝品嗎？麻煩整理整理，腮紅口紅的都擦一下。」小林仔細檢查她的臉色，「精神一點，妳這樣會嚇到團員的！」

「我等等會變得很有精神的，我保證！」季芮晨靠著牆壁，一臉無奈的望著他。「一整晚睜開眼睛就跟別人對望，你告訴我怎麼睡！」

小林只遲疑了兩秒，「Dabby 看起來就睡得不錯。」

「我超痛恨看到他們的，更討厭貼在耳邊卻一聲都不吭！」季芮晨雙手掩面，使勁搓了搓臉。「床旁邊就站著一個小孩子，渾身是傷，用很哀傷的表情呆站在那裡，一整晚動也不動、一句話也沒說，就彎著身子在我頭上，跟雕像一樣！」

想想看，不管怎麼翻身，就感覺頭上有個東西在，而且明明就知道對方正瞪著那大大的眼睛看著自己，這是要怎麼睡？

「沒說話？」小林用最快的速度恢復理智，「既然不吵，應該睡得著吧？」

季芮晨扯動嘴角，冷不防的衝向小林，直到距離他鼻尖十公分。「他就這、麼、近，卡在你頭頂一整晚。」

小林不免皺了眉，小心翼翼的推著季芮晨的雙肩往後，好吧，他承認，如果是這種情況，確實很難睡得著。

「沒找 Dabby 就找妳……季芮晨啊季芮晨，千萬不要告訴我又要出事了！」小林咳聲嘆氣，緊鎖眉頭的望著她。「妳的 Lucky Girl 模式我會怕。」

「又不一定會出事！」季芮晨扁了嘴，「等我一下！」

她轉身推開女化妝室而入，火速的拿起彩妝品妝點，門外的小林完全沒有閒著，他慶幸昨天覺得不安，就把行李箱裡那一堆東西扔進背包，現在就揹在身上，這會兒正打開來，一一檢查道具是否齊全。

這一袋又花了他幾張小朋友，但是能保命比較重要，而且這一次他希望可以保下多一點人。

腦中不由得響起廟方人員跟他說的話，小林望向女化妝室的門口，他們覺得……吳哥窟的事並不單純。

因為他們對自己加持過的法器跟道具都深具信心，沒有意外或是極度陰邪的魔物，幾乎不可能毫無用武之地！裂開的佛像尤其令他們驚訝，就算普通妖魅也沒有這等功力。

問題是破了就是破了啊！那邊的鬼魅很可怕，厲鬼更是怨氣沖天，可是萬應宮依然堅持造成死靈覺醒、厲鬼猖狂、佛像無鎮壓之力的主因，絕不在那片土地，或是厲鬼的恨意。

還有其他更深沉可怕的東西存在。

小林很難不聯想到季芮晨，她的存在本來就很特別，那種所謂的「幸運模式」，事實上連她自己都覺得有些詭異，如果這等幸運的角度是顛倒過來看的話，那就很可怕了。

如果說，其實她是「噩運帶原者」呢？有她在的地方就會發生事情？而她是源頭，所以自然會全身而退？

可是這樣去想一個人又太奇怪了，才說過生死有命的，況且她也說過不是每一次出門都會出事，只是當遇到大事時，她總會成為奇蹟。

「好了！這樣行了吧！」季芮晨打開門走了出來，整個人看起來精神煥發，加了眼線的雙眼看起來炯炯有神，跟剛剛差很多。

而且變得更甜美了。

「行！」小林不由得笑了起來，「我們上去吧，得注意大家的狀況。」

「嗯！」季芮晨點了頭，告訴自己打起精神，跟著小林往樓上走去。

回到餐廳時，團員們都到齊了，蜜月的夫妻們已經坐成一桌開始聊天，中年夫妻當然自成一局，而那大家子絕對是坐一大桌或是緊鄰的小桌。

Dabby坐了張四人位，小林跟季芮晨快速的拿了點高營養跟高熱量的早餐就開始食用，這團團員算是準時，很早就下來用餐，沒有人遲到。

今天是第二天，由於團員不多，所以大家很快就自我介紹，並試著記住彼此的名字，一票人在那邊互猜對方的名字，是小林很喜歡看的一景。

「我們公司新婚假給了十四天，加上星期六、日，我們回去後還有休息時間。」氣質派的新婚夫妻甜甜的說著，他們分別是王小娟及余俊賢，通稱小娟跟余胖。

「怎麼這麼好！我們結婚後一團亂，忙完就剛好要出來，完全沒有多餘的時間！」

另一對季芮晨私稱他們為S與M，因為妻子作風很女王，身材超好穿得又辣，說話都挺命令式的，不過矮矮小小的老公卻甘之如飴。「都是你啦！那間公司很爛你就不換！」

「哎喲，薪水好嘛，忍著點。」M總是和顏悅色，「等我們有足夠的錢，我就帶妳到歐洲玩一個月！」

S露出很甜蜜又驕傲的神情，熱情得當場親了M一個。

「唉，年輕真好！」披著一頭烏黑長髮的徐若凡笑了起來，「又新婚又甜蜜的！」

「厚，徐老師，你們也年輕過啊！」S還是難掩甜蜜，「徐老師你們以前蜜月是去哪裡啊？」

「我們？我們那時哪有閒錢出國，台中幾日遊就不錯了。」身邊已逾半百的陳偉搖了搖頭，「我還有朋友連蜜月都沒有呢！」

「啊……」四個年輕人看起來很訝異，時代不同，讓他們無法深刻體會。

「我就是沒蜜月的那個。」幾十年好友李博智舉了手，「那時工作賺錢都來不及了，還什麼蜜月？」

「就是，我那時也沒想過蜜月這檔子事。」灰白髮的阿桃倒是說得很泰然，「不過這幾年也算是玩回來了嘛！」

一夥人說說笑笑，惹得蘇太太也往這兒頻頻望過來。

「你們都是老師嗎？」蘇太太好奇的隔個走道出聲問，「因為聽你們互相都稱呼老師。」

「啊，是啊，我們都是老師。」李博智笑著答腔，「不過都已經退休嘍！」

「是高中還是大學啊？」蘇太太再好奇的問。

「啊？沒有沒有，我們只是國中老師。」李博智最為健談，「我教生物、若凡教國文、陳偉教數學，阿桃教理化。」

「國中啊……」蘇太太的口吻明顯沉了幾度，還微蹙起眉頭。「不過退休了也不錯，過好日子呢，像我公公這樣！」

其實每個人都聽出蘇太太一瞬間的口氣有異，但是大家也不好說些什麼，徐若凡尷尬的笑笑，趕緊打圓場。

「哦，爺爺也是老師嗎？」

「對呀！」蘇太太好像巴不得他們問這問題似的喜悅，「我公公是大學校長！」

哇咧！怎麼在搞比較了？小林立即起身，火速走了過去。「還有十分鐘喔！有沒有要上化妝室的趕快先去！」

話一出，小娟立刻站起，大家也紛紛離位，女生都說要再去化妝室一趟，小林一邊叫大家盡量都去，因為今天要去奧斯維辛，雖然是搭乘快速火車，但還是要將近三小時的時間，能有機會上廁所就要把握。

奧斯維辛？季芮晨皺起眉，放下手裡的麵包，飛快的拿出包包裡的書翻著，今天一整天都在奧斯維辛，要到傍晚才回來……問題是奧斯維辛這個地方，是令人極度毛骨悚然之處。

「今天要參觀集中營啊……」季芮晨喃喃自語。

「怎麼了？」Dabby 好奇的望著她，「等會兒在車上有時間惡補的。」

「那裡面……有很驚人的東西？」季芮晨打了個寒顫。

「嗯，是個很沉重的景點，不知道為什麼……就算走在路上，都會有種詭異感。」Dabby 苦笑一抹，「大概是因為發生過屠殺與戰爭的地方，總是會讓人感到滄桑吧！」

季芮晨笑得好勉強，之前她就知道今天的行程是去奧斯維辛，但如果沒有昨天從早到晚發生的種種，她現在不會有這種強烈的不安。

應該不會有事吧？每天去奧斯維辛的旅行團這麼多，沒道理就他們有事對吧？對對對，這跟在吳哥窟時不同，別想太多！季芮晨深吸了一口氣，鼓勵自己打起精神，逕自往外走去，一邊悄聲低語。「Martarita，一切都好吧？」

鑲著淺笑的她一路往大廳前去，小林已經在那裡幫忙確認行李，所以她也趕緊過去確認出發事宜，請團員們務必看著自己的行李上車，可別遺落在這兒，接著跟司機道早安，再上遊覽車看顧先上去的團員們。

「大學校長退休很了不起嗎？」

一上車，季芮晨就聽見了有些尖銳的討論，來自S。

「就是，妳沒看到她那個嘴臉，一聽見徐老師他們是國中老師，就一臉鄙夷！」

「正常啦，她昨天問我什麼學校畢業的，」余胖顯得無辜的說，「我就說二專啊，結果她居然當著我的面跟她小孩說，以後要認真念書，當人上人。」

「什麼嘛！」小娟挽著老公的手為他抱不平，「二專又怎樣？」

「拜託，昨天她還問我這個包是不是A貨，說覺得車邊歪歪的，是瑕疵品，還說歐洲很忌諱揹仿包，要我注意！」S氣急敗壞的說著，「拜託，我跟她說我在美國Outlet買的，妳知道她說什麼嗎？」

「什麼什麼？」余胖很好奇。

「喔，我從不在Outlet買東西。」S模仿蘇太太的態度跟口吻，老實說，維妙維肖！

「噗……」這讓大家都笑了出來，車上就他們四個人，說說笑笑倒也無妨。

季芮晨快步走上來，坐在後頭的他們回首像是嚇了一跳，一看見是季芮晨便揚起微笑，草草收了話題。

不過蘇太太這麼帶刀帶刺的說話也是麻煩，她知道他們家有錢，看行李車上那一排LV行李箱就知道……不，該說看到雪莉就知道！出門還帶菲傭打理一切，完全就是高高在上的作風。

蘇哲富是不怎麼愛說話，不過也不熱絡，可以從眼神裡看得出他在打量人，再決定要不要與之交往……雙親「看起來」是和藹得多，不過眉宇間的傲氣不減，這大概是一脈相傳的自負，有錢，又有社會地位，瞧不起人的家族。

只是出來玩，其實沒必要弄成這樣，又不是在做生意，還挑人說話？

後門走上四位老師，他們也還是說說笑笑，不過S彷彿唯恐天下不亂，待他們一坐定立刻先往窗外看，確定蘇家還沒上車，就迫不及待跑到陳偉身後。

「老師，要不要坐後面一點，我們前後都還有位置。」S婀娜的趴在椅背上，好像忘記她今天穿得很低胸。

「咦？」兩位男性果然一回頭，就看見那深溝，不由得尷尬的別過頭。

「幹嘛跟他們坐那麼近？人家是大學校長耶！」S哼了一聲，「來啦，跟我們一起比較好玩！」

S倒不是有意挑撥，她就是厭惡蘇太太那狗眼看人低的模樣，只是這話聽在老師們耳裡甚是刺耳，文靜的徐若凡沉吟數秒後，最先開始收東西。

接著每個人都開始把東西拿起，全部準備換位子。

季芮晨見狀就知道不妙，如果老師們都想換，就表示剛剛蘇太太的言論的確確傷害到了他們，那種態度跟神情，誰會開心？

「大家別這樣，出來玩就是要開開心心的。」待他們坐定後，季芮晨還是走過去低語。「每個人都有每個人的性格，就讓著點。」

「讓？」一頭金髮的S挑高了眉，「就怕是人不惹事事惹人。」

M摟摟愛妻，知道愛妻性子烈，向來容不得挑釁，只能安撫她；老師們也只是笑笑說知道了，也不是計較什麼，就是跟小娟他們比較合得來。

餘音未落，前門出現聲音，爺爺奶奶陸續上了車，走在最前頭的爺爺才一站上走道，就看見坐在他後排的老師們不見了。

「咦？換位子啊？」爺爺蹙著眉，彷彿知道是什麼事。

「他們想聊天啦！」季芮晨回身，趕緊幫忙圓場。

後頭的奶奶冷冷一瞥，催促爺爺快坐好，緊接著蘇哲富走上，對這變化不放在眼裡，只是打了個呵欠，挑了個位子坐下。

「妳找個位子坐，別跟我坐在一起。」他對上車的妻子說著，「位子這麼多，不必擠。」

「咦？」蘇太太望了望超級空的前面，再看向後頭的老師群。「怎麼大家都坐到後面去了？」

「你們人多，前面讓你們坐！」S揚著笑容，說得好體貼。

「喔……」蘇太太冷笑一抹，「這樣也好，我們還能放東西。雪莉！妳把包包都集中在一起！」

最後面的雪莉吃力的上車，她手上實在拿太多東西了，擠上樓梯都很辛苦，S也討厭蘇太太對雪莉頤指氣使的樣子，儘管大家都告訴她那是傭人，是在工作，主人下命令也是理所當然。

「媽媽，前面好多位子喔！」正昱往後望著，「為什麼他們都坐到後面去了？」

「他們要聊天啊！」爺爺捏著孫子的臉。

正昱似乎不明所以，歪了頭卡在走道上硬是思考了一會兒。「啊！我知道了！」

你知道？季芮晨不敢笑出來，你知道我就佩服你了啦！

「是不是比較高級的人坐在前面？」

此話一出，整輛遊覽車內呈現一片靜寂。

季芮晨一口氣都換不上來，這個小男孩你不知道就不要亂講話啊啊啊！這是誰教你的啊！

「那個……」

她才想圓場，蘇哲富頭也不回的出了聲。「怎麼這麼說話，弟弟？道歉！」

「唔……可是、可是……」正昱一臉無辜，「媽媽說過，高級的人坐前面，低級的人只能坐後面！」

「煜珊！」蘇哲富出聲低斥。

「哎喲，我也沒教錯，之前跟他看電影時，他看到白人坐公車前段，黑人坐後面，問我為什麼，我才這樣說的。」蘇太太尷尬極了，卻還是好聲好氣的跟丈夫解釋。

「可是雪莉也坐後面啊！走路也都走後面不是嗎？」正昱急了，一直在解釋。「媽媽不是也說嗎？這次的團員沒一個有水準的！」

天哪！季芮晨都快暈倒了。在小孩面前都說了什麼啊！

「喂——」果不其然，S爆發了。「你們有錢了不起啊，憑什麼狗眼看人低？我又沒惹你們！」

「蘇太太，這就太過分了吧？職業不分貴賤，求學的歷程也不等於未來的成就，妳這樣的教育法似乎有欠妥當。」陳偉也開口了。

「我的教育法？」蘇太太揚了眉，好像戳中她的雷點。「陳老師，你們不過是國中老師，別拿那套騙小孩的教育來誆我！我親愛的好歹是哈佛的，我們比你們懂教育！」

「會唸書的人不一定懂教育。」徐若凡溫溫的出聲，「我們教學這麼久，越高學歷的家長，其實在教育方面更不圓滑。」

「那是你們遇到差勁的！別想教我孩子那一套，什麼職業不分貴賤，哼！」蘇太太高傲的揚首，「一個光鮮亮麗的律師跟一個撿破爛的，你會看得起哪一個？」

「當然是資源回收的，律師都是黑心肝，資源回收是在做環保。」S回得迅速，手還圈出一個愛心。「心裡有愛~」

噗……不能笑不能笑，季芮晨強忍住笑意，現在笑出來會出事的！

「嘴硬。」蘇太太看向兒子，「弟弟，以後要認真念書，讀好學校，不然就會像他們一樣喔！」

「煜珊！」爺爺緊皺起眉出聲，「妳怎麼說話的？在幹什麼！」

「說實話啊，爸，要教孩子現實面，不是那套假仁假義的教育。」她邊說，邊睨了老師群一眼。「不信問雪莉就知道，她也是大學畢業，還不是來當菲傭！」

雪莉愣了一下，無地自容的低下頭。

「閉嘴！不要再說了！」爺爺口吻裡帶著不耐煩，這才讓蘇哲富有反應。

「煜珊，閉嘴。」他回頭看著兒子，「你坐到姊姊身邊去，不許再說話。」

正昱抿著唇，一臉委屈的坐到曉珊身邊，文靜的姊姊沒有說話，只是拍了拍弟弟的頭，像是一種安慰。

蘇家一句道歉也沒有，唯有爺爺朝後面點了點頭，以示歉意，卻一秒內被奶奶拉回座位坐好。

季芮晨僵在當場，她發現自己在調節氣氛上有待加強。

「好了！行李都上車了！」小林終於出現，他三步併做兩步的上來，季芮晨轉頭看著他，喜極而泣。「……準備出發嘍！」

他頓了兩秒，是注意到季芮晨的眼神太過閃爍。

發生什麼事嗎？他環顧車內，氣氛是有點怪，但是早上出團都這樣，等會兒很多人會進入夢鄉。

小林很快的講一下今天的行程，大家等會兒要到火車站去，坐火車前往奧斯維辛，剩下的部分就交給 Dabby 講解。

麥克風一遞給 Dabby，車子出發，小林立即拉下季芮晨到身邊，連句話都不必開口，就知道出事了。

季芮晨也不能說得太大聲，手語加上暗示的把剛剛的事說一遍，小林眉心越皺越緊，他知道蘇家財大氣粗，但沒想到會當著其他人的面說出那種話。

社會上處處都是歧視，這是司空見慣的事，像剛剛蘇太太舉的例子也不差，當一個穿得隨便在撿罐子的人，與光鮮亮麗開賓士的男人站在一起時，多數人眼裡只會看見西裝筆挺的那位。

論巴結，也一定會趨向有錢的那位，這是人之常情。

但這種論點跟「歧視」倒是不一樣，趨炎附勢是因為利益的緣故，但是這種行為跟歧視不能畫上等號。有的人勢利，但是不見得會瞧不起別人，不過蘇家……至少這位蘇太太，就不是這麼回事。

她是會歧視他人的人。

這比什麼都糟，瞧不起別人的職業、學校，連行為都是，這簡直是旅行的未爆彈！這種言論再繼續下去，就算修養再好也受不了，看來他得找機會跟蘇先生談談，讓他制止一下蘇太太。

「對不起，我太沒用。」季芮晨沮喪極了。

「不會，妳沒經驗，我也沒有。」小林溫柔的安慰她，「跟『那個』比起來，這都算小事了。」

「那個……噢，別提了。」季芮晨無力的垂下雙肩。

「有沒有跟妳『朋友』聊聊，一切平安順利吧？」小林試探的問。

「我朋——」季芮晨張口欲言，卻突然梗住，她朋友？

等等！Martarita 多久沒回她了？早上出餐廳時就沒回應她……不，昨天晚上就沒有聽見他們的聲音了！

「Martarita？Kacper？」季芮晨顧不得別人在場，壓低了聲音自言自語。「回答我，你們在吧？還是小櫻？」

瞧見她蒼白慌張的臉色，小林的心涼了一半。

上一次在吳哥窟時，她說過這些「朋友」沒回應，是因為被更可怕的厲鬼壓制住了。

將近五分鐘後，季芮晨緩緩的望向小林，搖了搖頭。

沒有聲音！沒有人回答她——昨天從電梯逃出來後，他們就不見了？

小林緊閉上雙眼，深吸了一口氣後再睜開眼，握住季芮晨開始變冷的手，他不知道該怎麼安慰她，因為他自己現在也強烈需要被安慰啊啊！

坐在最前面一排的他們不語，Dabby 的介紹在身後響著，望著眼前擋風玻璃那一大片的景色，現在他們兩個都沒有心情。

遊覽車轉個彎，遠遠的突然有東西被風颳起，直直衝了過來！

「咦？」季芮晨小聲的叫了聲，有什麼東西飛過來了！

那東西絲毫不減速的衝向擋風玻璃，砰的狠狠撞上，就在司機的右方，剛好面對著小林他們！

是一顆頭！一顆血淋淋還似曾相識的頭——昨天晚上電梯裡的那一顆！

那顆頭的眼珠往他們這兒轉著，咧嘴露出了如尖刀般的黑牙。

『妳在看什麼啊？』

第五章・奧斯維辛

世界上最痛苦的事，就是明知道出事機率高達百分之八十，卻不能改行程！小林不知道要怎麼開口，難道跟團員說，有鬼跟著？

這實在太痛苦了，有種帶著大家往死裡去的感覺！

「別想太多，這麼多團！」在火車上，季芮晨跟小林坐在一起。「我剛看到至少有三團。」

「為什麼我想到的是三團都出事……我胃好痛！」小林居然完全無信心。

「不要唱衰！」季芮晨被說得一點信心都沒有，「只是旅遊，不會有什麼事的，旅行團出事的比例少之又少！」

小林瞥了她一眼，她明明說得有理，但是他就是渾身不對勁！不該講到倒楣的事、不該思考負面，負面會引來不好的東西，這些他都懂，可是不知道為什麼，心裡就是湧起無限不安。

「妳可以解釋一下衝撞擋風玻璃的那顆頭嗎？」鐵錚錚的事實，除了他們兩個外，沒有人看見。

那顆頭以時速一百英里對著遊覽車衝來，撞上擋風玻璃時整張臉炸出鮮血，卻依然緊貼著咯咯大笑，還質問他們到底在看什麼？廢話，不看他看誰啊！

問題是，那是昨天在電梯裡出現的傢伙，為什麼會跟著他們的車子？

「我不知道。」季芮晨一臉無辜，「我都嚇到僵硬了你沒看到嗎？他非得現身嗎？我討厭看到他們！」

「……我相信沒有人喜歡。」這是什麼話！「那個跟著我們，妳怎麼不知道？說不定現在往窗外望出去，他正跟著快速火車奔跑呢？」

季芮晨立即用眼尾瞟向就在左手邊的窗戶，小林很體貼的讓她坐窗邊，現在她開始質疑這份體貼了啦！她連看都不敢看，一伸手就把窗簾拉起來，救命啊！

「說不定是跟著團員，記得嗎？上一次在吳哥窟時，厲鬼是從台灣跟過來的。」她拿過去的模式複製思考，「如果是這樣的話，得確定一下團員們是否都認識……」

「那種事不會發生兩次吧？光一次就很扯了！」小林不以為然的挑了挑眉，「而且，小姐，妳告訴我那顆頭哪裡長得像台灣人了？我連他說什麼我都不知道！」

呃……季芮晨一驚，是啊，不管撞成怎麼樣，那是個黑髮藍眼的男人，因為他是用瞠目的方式瞪著他們，所以她才能看出那蒙著鮮血的藍色眼珠，單就五官論，不是東方人，也不是講中文。

「他是這裡的亡者……」季芮晨皺起眉，這樣說跟團員有關就扯了。「啊！我不能胡思亂想，一次已經夠糟了，沒有那麼倒楣的！」

她轉過頭瞅著小林，張大了嘴巴——

「妳是 Lucky Girl，我知道。」小林早知道她要說什麼，「但只有妳。」

季芮晨扁了嘴，根本懶得跟他抬槓，正了身子把書拿出來，開始仔細複習關於奧斯維辛的歷史。

奧斯維辛集中營是德國納粹時期，所建立的集中營及滅絕營，於一九四〇年建造，一九四二年時還舉行會議，通過「猶太人問題最終解決方案」，決定透過滅絕營實行「有系統」的猶太人大屠殺，歷經五年時間，共有一百三十萬人被押，約有一百一十萬人被殺害，猶太人超過九成，其中也不乏波蘭人。

當時德國還覺得用殺的太慢，所以在奧斯維辛小城附近又建立了另外兩個大集中營及小營地，因此奧斯維辛集中營共有三個主要營區，目的自然是殺害猶太人，或是讓其接受嚴苛的工作及人體實驗。

一百一十萬人！季芮晨不由得想著台北市共有多少人口？就這麼送進一間又　間的毒氣室殘殺，夜以繼日，還因為殺得太慢，再建造其他營區……就為了殺人？

她終其一生都難以理解納粹的想法，這種種族歧視太過可怕，書上還寫了人種分類，被押進去的人分政治犯、普通罪犯、外來移民、同性戀及猶太人，這些全在歧視與屠殺的範圍之內。

到底憑什麼自以為優秀？以為自己勝於其他人、其他種族，甚至有權力進行殺害或是滅絕？那種優越感是怎麼來的，乃至於賜予他們主宰他人生死的權力？

不管如何，戰爭都是殘酷的，而他們即將前往歷史的傷痕，季芮晨想也知道會聽見多少淒厲的悲鳴，這才是讓她不安的主因。可是，既然想要從事領隊方面的工作，就必須面對這個現實，她就是能聽見鬼哭神號，無法避免就得接受及適應。

她可以的，都活了這麼多年，一個人也可以。

Martarita他們不知道是又被什麼壓住，或是根本是抱著看熱鬧的心態，這不是沒有過，有時她在路上招惹到很兇的惡靈跟在身邊狂吼，他們也都置身事外——理由當然是他們無法對付惡鬼，問題是有時候小咖的鬼他們也沒在管啊！

總而言之，Martarita他們雖然跟著她，但是並不是守護靈，沒有保護她的義務，純粹就是因為她聽得見，所以有個人說話聊天而已。

死活不管，她向來得自立自強。

火車終於抵達奧斯維辛，小林帶著大家整隊集合，照慣例會有上洗手間的時間，然後再搭車前往集中營；下車後，果然看見不少觀光客同時到這裡參觀，這讓季芮晨鬆了很大一口氣。

幾十個人同時往集中營那兒走去，遠遠的就可以看到一扇大鐵門矗立在那兒，上面寫著「Arbeit Macht Frei」，意思是「工作就能得到自由」，當初納粹是欺騙猶太人到這裡工作以換取自由，連門上的標語都做得如此真切，但事實上一開始就設定這裡是屠宰場。

「每個猶太人都列隊從這裡進來，大家以為有工作有田地能夠耕種，但卻不知道只要通過這道門，等待他們的只有死亡。」Dabby用小蜜蜂為大家講解，「通常一間不大的營房會塞四百多位猶太人，非常狹窄，但是外面都是鐵絲網跟衛兵，逃也逃不出去。」

Dabby邊說，大家跟著往一整排的木造建築房及鐵絲網看去。

「大家可以看到這裡都有鐵軌，原本這邊就是波蘭的廢棄軍營，有火車能夠通行，而且離其他村落也有距離，隱蔽性十足又交通方便，因此被選做集中營的地點。」Dabby指向鐵軌，「來，大家順著鐵軌往前走。」

Dabby的聲音溫柔清楚，團員們變得相當沉默，大家剛看過營區後都皺眉，裡面的環境既窄又亂，而且這裡冬天是冰天雪地，小木屋怎麼會有防寒效果？

現在的每個觀光客都走上與當年猶太人一樣的路，大家通過大門，順著鐵軌往下走，下一個景點是最有名的毒氣室遺跡。

季芮晨步履蹣跚，她走不太動，耳邊的聲音龐大驚人，她幾度興起摀起耳朵的衝動！那聲聲淒厲的慘叫聲不絕於耳，他們高喊著「救命」、「救我」、「放我出去」，有母親呼喚孩兒的淒厲尖叫，孩子喚著母親的渴望，生離死別都在這個集中營裡重複上演。

「小晨！」腋下一個攙扶，她整個人被提了起來。

季芮晨倒抽一口氣，微顫的往身邊看去，那份溫暖自然來自小林，她痛苦的皺眉，雙唇打著顫。

「我在努力，給我一點時間調適……」她話說得很虛弱，明明只要充耳不聞即可，但是每一聲叫喚的悲傷都影響著她。「這裡發生過的事情太可怕……」

「一百多萬條人命，就可能有一百多萬個悲慘的呼喊。」小林沉著聲，「妳不應該跟過來的。」

「不行，難道我以後當領隊還得挑景點嗎？」季芮晨深吸了一口氣，逼自己挺直腰桿。「我可以的！只要不當一回事就好！」

「小晨……」小林有些難受的望著她，這種事能熬嗎？

「沒事的！」她還擠出笑容，縮手把小林的手挪開。「別扶我，這樣團員會以為我不舒服。」

「可是……」妳明明就不舒服！

她揚起極度勉強的微笑，重擊了他的肩頭，立即邁開步伐往前跑去。「快點！我們離太遠了！」

小林嘆了口氣，老實說，就季芮晨這種體質的人而言，她的確算是非常堅強的了。沒有變成陰沉的女孩、也沒有恐懼成精神分裂，更沒有自閉的躲在角落，反而不停的往外走，連集中營這種地方都敢來！

堅強有韌性，他很欣賞，但是這是否跟她的「Lucky Girl」有關，他持很大的保留態度。

「為什麼會特地建這種地方來殺人啊？」小娟看得是心驚膽戰，「而且是刻意要滅絕一個種族耶！」

「德國人就變態啊！」余胖也忍不住說著，「自以為是的想把猶太人滅絕，人家又沒惹到他們！」

「戰爭時很多心態都會扭曲，德國人向來覺得自己很優秀，如果又有人擅加操作，說不定就會覺得其他民族是低劣民族。」徐若凡回頭說著，「有時候這是一種洗腦或是觀念的影響及渲染，很難講的。」

「真要這麼說，好像種族歧視至今還是存在啊！白人對黑人、俄羅斯人對待有色人種都是……」S歪了歪嘴，露出不屑的模樣。「就搞不懂，膚色是DNA造成的，怎麼會變成優越的代名詞？」

「就算時代科技進步，大家都知道那是DNA的結果，可是種族歧視的人還是很多。」陳偉下意識的往前瞥了眼，在他們團裡，似乎就有一個。

前頭那家子的確沒什麼吭聲，就是順著路往前走，老人家們皺著眉看著這一切，碎語著實在太殘忍，然後問是不是不該讓孩子看這些東西？

「不，讓他們看，我早知道有這個行程，是刻意讓他們知道的。」蘇哲富打斷了父親的疑慮，「雖然我們不想承認，但人不是生而平等的。」

他說著，伸出手對著身後的小孩動動手指，跟在阿嬤身邊的弟弟趕緊跑上，在雪莉身邊的曉珊也走了上去。

「弟弟可能還搞不清楚怎麼回事，不過曉珊知道吧？德國人蓋這個地方，把猶太人都殺光。」蘇哲富還再說了一次，「是故意的。」

「為什麼？」正昱果然不懂，「猶太人有做錯事嗎？」

「沒有。」蘇哲富搖了搖頭，「但是德國人認為有。」

「那別人認為有，就可以隨便殺人嗎？」弟弟再問，他很不明白。「而且為什麼他們要進來讓他們殺？」

「傻瓜，用騙的啊！」曉珊開了口，「剛剛 Dabby 阿姨在說你都沒在聽，騙猶太人有工作做，做完工作就可以自由，所以大家都跑來了！」

「嗄？好過分喔！用騙的！」正昱皺起眉，替猶太人不開心。

「所以說嘍，別人對你好的時候，你一定要很小心，因為說不定對方是要害你們。」蘇哲富下一句簡直語驚四座，「而且世界上沒有公平的事情，這是個人吃人的世界！」

「蘇先生？」李博智身為老師的愛心啟動，「你怎麼教這麼小的孩子這些東西？」

「太誇張了，他才、才幾歲？」連徐若凡都忍不住跳出來說話，「不該這樣教，這樣容易扭曲孩子的性格……」

「喂！拜託一下，我先生在教小孩，你們外人在插什麼嘴？」蘇太太一個箭步上前，斜睨著他們。「只不過是教國中的，省省吧你們！」

只不過？哇咧，這位蘇太太是唯恐天下不亂嗎？小林飛快上前，卡在他們中間請他們冷靜點，大家不必要為這種事吵起來！

「這種事？小林，你也聽到他說什麼了！」陳偉氣忿難平。

「好好好，我知道大家都是很有愛心的老師，但是……」小林為難的搖了搖頭，「蘇太太說的也有理，這是她的家務事啊！」

邊說，小林指了指身後的兩位老人家，蘇哲富的爸媽都在這兒，難不成大家要無視於老人家的存在，直接跨過去指責他人教育孩子嗎？

教育有錯有對，但這也是見仁見智，俗話說清官難斷家務事，若是這幾位老師真的逾越過去指責蘇哲富教育孩子不對，那似乎也太過了些？

「少管閒事行嗎？你們這些人實在……」老奶奶回過身，完全斜眼掃著一票人。「我兒子在教孩子人生的現實，社會就是這樣，為什麼要畫個理想國騙孩子？等他未來出了社會，再回來指著你說騙人？」

「話不是這樣說，重點是那孩子才幾歲……」阿桃忍不住湊前，但是S卻飛快的衝過來，一把勾住她的手。

「老師，別理他們了，他們要怎麼教小孩本來就不關我們的事，我們沒權利說話！」S突然間力挺蘇家似的，「反正他們這種也教不出什麼好貨，大家就等著各人造業各人擔吧！」

「妳說那什麼話！」蘇太太咬著唇，回身就要走向S理論。

「好好好，別吵了！」季芮晨攔住蘇太太，「大家都少說兩句，這裡是什麼地方？嚴肅的場所，別讓外國人看笑話！」

可不是嘛，多少人眼睛往這裡看，每個人都是心懷謙卑與憐憫的心前來弔唁歷史悲劇，怎麼這群東方人在這兒吵得不可開交還大呼小叫的？

「哼！」蘇太太冷哼一聲，嘴裡還不饒人。「就是有你們這種讓人瞧不起的傢伙，也不看看自己什麼等級，多管閒事！」

小林跟季芮晨合力再安撫大家，並且刻意讓蘇家人跟其他團員再隔遠一點，免得戰事一觸即發。

蘇哲富回頭看了所有人一眼，面無表情的繼續拉著孩子往前，明顯也是故意拉開距離，免得又有多事者來打斷他的教育時間。

「人有優秀有低等，德國人就是這麼想，所以認為猶太人很爛，因此要滅絕他們。現在的人不可能做出這麼壞的事了，可是、可是，我們只是改個方式而已。」再遠，蘇哲富的聲音還是很令人厭惡的傳過來。「要說人沒有歧視跟偏見是騙人的，曉珊，我問妳，老師在班上對誰最好？」

「我。」曉珊回答得很直接，「還有其他幾個同學。」

「那妳跟其他幾個同學有什麼一樣或是類似的地方嗎？」

「嗯……我們都很聰明，功課都很好。」曉珊頓了一頓，「還有，大家的爸爸媽媽好像跟我們家很像。」

「對了，有錢、優秀，聰明！妳喜歡跟笨蛋在一起嗎？」蘇哲富溫柔的問著連季芮晨都覺得不可思議的問題，「喜歡跟又笨又髒又沒錢的人在一起嗎？」

「不喜歡！」正昱搶答，說得理直氣壯。「那些人最煩了！」

蘇哲富回頭讚許般的摸摸孩子的頭，「所以說嘍！就算平常生活，人也有高低之分，一般人也會傾向跟優秀的人在一起，而不會選擇低下的。」

「哲富，先點到為止。」爺爺突然出聲，「曉珊聽懂就好，弟弟太早。」

「爸……」蘇哲富回頭看向父親，沉吟了一會兒，果真把正昱鬆開，讓他往爺爺奶奶那邊去。「去找爺爺！」

「我不要！我要聽！」正昱氣呼呼的嚷著，「我要聽怎麼當優秀的人！」

「以後會跟你說的。」蘇哲富把他往後推，蘇太太趕緊上前拉過孩子。

接下來的聲音就更微弱了，大家只聽得見關於人上人的說法、要怎麼做優秀的人、要如何不讓人瞧不起、要怎麼讓別人崇拜自己、要如何走上顛峰等等，細節恐怕只有走在最前面的 Dabby 聽得見，她不發一語的只有嘆氣。

「都不給我聽！」正昱被趕到後面，生著悶氣。

「長大一點就會說給你聽嘍！」爺爺奶奶逗著他玩。

看這對老人家沒有勸阻兒子這種教育法，讓徐若凡他們都看明白了，只怕蘇哲富就是這樣被教導出來的。

某方面來說，社會的確是很現實，但是一來沒必要這麼小就教育人性黑暗面，二來應該是要積極開發孩子的善良與樂觀，而不是教孩子要怎麼變得更優秀，再來瞧不起人吧？

「你們都以為我不懂，我都嘛知道！」正昱一回身，指向了雪莉。「雪莉就不是優秀的人，所以只能當女傭！」

咦！所有人都倒抽一口氣，才幾歲的孩子居然指著人這樣說？

「別說不優秀了，還沒水準又好吃懶做！」蘇太太居然還接話，「菲律賓的素質就是這樣，不過我們也不能太挑了，印尼那邊的更糟！」

這太過分了吧！小娟跟余胖都忍無可忍了，眼看著就要上前幫腔，結果雪莉居然主動回首，跟他們搖搖手，用嘴型說著她沒關係。

她右手正專注的捏著十字架，從剛剛開始就在祈禱的樣子。

對於蘇家對她的看法，她早就習以為常，她就是來工作的，把工作做好，其他什麼都不必管！聽不見也看不見，才是工作的最高原則。

她現在只覺得這裡太可怕了，上帝怎麼會讓這種事發生？過去她當然知道這段血腥的歷史，但沒想過有一天會親臨現場。雪莉緊緊握著十字架，不停的唸著禱詞，藉以安定自己的心，也為逝去的人祈福。

抵達毒氣室遺跡外，由於剛剛大家的爭吵拖慢了速度，所以Dabby決定讓其他團先行進入，後面目前沒有團體只有個人旅客，所以這樣參觀時間能比較充裕。

季芮晨遙望著四周的鐵絲網，才發現毒氣室其實是在一個類似地下室的地方。

「等會兒下去時大家要小心啊，樓梯很窄，也有些陰暗！」Dabby先說了注意事項，「以前就是騙猶太人說到這裡洗澡，洗澡前還會讓他們把自己的衣服折好、物品分類，接著帶他們下來這兒，納粹再從上面投入氰化物。那種結晶體只要二十八度就會汽化，就能很快的殺死在毒氣室裡的人，這就是不見血的屠殺！」

季芮晨深吸了一口氣，原來那種音調逼近痛苦的哀鳴是因為如此啊……她遠遠望著大門的方向，那種滿懷希望走進來，最終卻在毒氣室裡掙扎痛苦的感覺，實在令人恐懼。

喀啦喀啦……喀啦喀啦……遠處的聲響引起她的注意，季芮晨覺得有點奇怪，為什麼彷彿聽見了火車行進的聲音？

她瞇起眼往聲音的來源看，以為自己眼花了！可是有一輛火車真的從遠處駛來，黑色的、速度並不快，甚至還是蒸汽火車，冒著濃濃的白煙，就這麼從奧斯維辛大門那兒直接駛了過來！

她慌張的看向團員，就擔心有人站在鐵軌上！幸好Dabby讓大家集合，所以其實他們離鐵軌有段距離了。

「那個……」她真不知道該不該說，地面的石子都開始微震，怎麼都沒有人好奇的回頭呢？

才在想著，那火車已然逼近，甚至發出刺耳的煞車聲，火星從輪子處迸發，逼得季芮晨不得不掩起雙耳！

這動作引來小林的注意，他立刻上前，小晨太奇怪了！

季芮晨微睜眼看向眼前的火車，果然是照片上才能瞧見的舊式火車，車廂門倏地被拉開，一名納粹士兵威風凜凜的站在車廂口，帥氣的跳了下來。

『今天收集了多少？等著載送出去呢！』

『報告！還在努力！已經讓他們加緊趕工！』另一名士兵從後方走來，聲音就在季芮晨身後，她沒敢回頭。

『還有多少要解決？日落前再殺個幾百人吧！』

『Jawohl！』

手肘倏地被拉住，直接往後扯了半圓，季芮晨驚恐的回身，抓著她的人卻是小林！

「……」她差點尖叫，但是因為衝擊太大，所以叫聲梗在喉口。「你嚇到我了！」

「我知道。」小林低語，往鐵軌那邊看去。「看什麼？」

看什麼？季芮晨再度回首時，已經什麼都沒看見了，就是現今荒涼的景色，過往的屠殺跟殘忍的納粹已不復在。

「我看到火車駛來，有納粹跳下來說還要再送幾批人進毒氣室……」她喃喃說著，「這裡不只存在著被殺的人，連屠殺者的亡靈都沒有消散！」

「嗯……這正常，有時候不是只有被殺者才會有執念，加害者也有可能沉溺在殺戮的快感中。」小林拉著她遠離鐵軌，「妳看見的東西越來越多了。」

「表示這邊的死靈很積極。」她不由得看了一眼入口，「這樣進去好嗎？」

小林兩秒後領會她的意思，「小晨，亡靈活在過去，妳不要太杞人憂天。」

在此同時，Dabby 揮動著小旗子，帶著大家往裡步去。

季芮晨全身僵硬，緊張的握緊雙拳，這彷彿應和了剛剛火車上納粹亡靈所言：再運一批過來。

團員們陸陸續續的往下走，小林走在中間，季芮晨殿後，她拚命的深呼吸，吳哥窟發生過的一切湧上心頭，越不該胡思亂想，腦海裡卻越會出現莫名其妙的畫面！

『回家……回來了……』

就在她即將踏出第一階時，那陰森的聲音再度由遠方傳來了！

她倒抽一口氣，聲音很遠，並不在她耳邊，回首望去，只看見遠處一片荒涼的樹林。

『回家……快到了！我們要回家了……』那聲音自樹林的方向傳來，還有著回音陣陣，非常的遠卻也非常的近，感覺是在數公里以外的聲音，卻能讓她聽得如此清楚！

此時一批驚鳥自樹林間飛竄而出，大片的黑影點點伴隨著烏鴉叫聲，這不由得讓季芮晨打了個寒顫。

林子裡有什麼？那邊存在著什麼嗎？可是回家的聲音，她是從華沙一路就聽到這裡的啊！

「小晨？」走在倒數第二個的余胖回首，「妳在看什麼？」

「啊？沒有！」她回神，望著眼前黑暗窄小的樓梯，心跳得越來越快！

想太多了，她再不從容面對這些事，真的會出事。

扶著兩旁的牆順著階梯往下走去，底下一如想像的幽黑寂靜，或許因為早知道這邊發生了什麼事，所以會自然的感覺到這兒充滿死亡的氣息。

那是個窄小的房間，黃土牆的質感，沒有任何的窗戶，只有出口與入口兩扇小小的門；上方有六個通氣孔，納粹就是從那兒投下氰化物，然後等著裡頭的猶太人們恐慌的哀鳴慘叫，至沒有聲響為止。

前端設了一座紀念碑，紀念逝去的猶太人，還放鮮花悼念。

「等到確定猶太人都死亡後，才會把我們前方這個出口的門打開，德軍會拖出屍體，開始檢查。當時的納粹非常會物盡其用，身強體壯的人被派去做工直到瀕死，再送進來毒死；孱弱的會浪費床鋪與糧食，所以直接毒死。」Dabby 在這封閉的地下室裡說話，回音陣陣，感覺更加可怕。「在他們進來前，頭髮會被削得非常短，甚至是光頭，因為頭髮可以拿來織毛衣、織毛毯。皮製的行李箱改製成鞋子，鐵製品就做成漱口杯等相關物品，甚至枴杖或義肢上的金屬物品拿來重新使用的機會很高；眼鏡就賣給需要的人。戰爭時資源不足，所以納粹真的使用得很徹底。」

兩個小孩似乎也感覺到不舒服般抱住身邊的大人，畢竟這裡的氣氛相當凝重。

「納粹會先敲掉死者嘴巴裡的黃金鑲牙，再把屍體推到焚化爐燒燬，甚至把骨灰收集起來當肥料。」Dabby繼續說著驚人的過往，真的是物盡其用。「據官方統計，一座焚化爐平均每天可以燒掉三千九百具屍體。」

每個團員都面露懼色，這裡實在太可怕了，想到這完全沒有窗子的房間，被送進來的猶太人一開始還以為要洗澡，最後卻是擠在裡頭，吸入氰化物而被毒死。

最可怕的是在於看不到淋浴設備的當下吧？沒有窗子也沒有任何洗澡設備，但是人都已經走下來了，只要把入口關上，所有人勢必陷入一種驚恐，大家或許爭先恐後的擠上樓梯想要出去，或許尖叫著救命，然後六個通氣孔滾下的東西，緊接著奪去他們的生命。

「等等出去還有紀念館，我們可以看見頭髮山、眼鏡、水壺……許多猶太人留下的東西。」Dabby邊說，邊往前移動。「大家可以照照相，我們就出去了。」

結果沒什麼人動相機，陳偉他們幾個攝影愛好者，還是拿起相機開始拍照，不過大家有志一同的都只拍景跟紀念碑，倒是沒有人跟景點合照還比一個勝利手勢。

『這是哪裡！』

激動的笑聲突然從方室裡傳來，季芮晨嚇了一跳，趕緊回首望去。

結果，她看見有個剃了光頭的男人敲著土牆，正在那兒咆哮。『這是怎麼回事！』

「媽媽！」正昱衝向蘇太太，雙手緊環。「那是誰？」

他指向那光頭男子，季芮晨倒抽一口氣，這孩子看得見？她立刻看向曉珊，只見她緊拉著雪莉的裙子，不停的往後退。

『放我們出去！』『這是做什麼！』『放我們出去啊！』

「咦？」小娟雙手掩嘴，呆望眼前出現越來越多的人影，不由得發出驚叫。「哇呀！那是誰？」

緊接著一個接著一個的影像出現，原本空著的房間裡，突然出現了許多光頭或是短髮的女生，甚至還有小孩，數量之多，幾乎擠滿了整間房間！

「哇呀！這是什麼？」S大叫著，「3D影像嗎？」

「不可能，這裡沒有運用這種技術啊！」Dabby也慌了，她呆愣在原地，望著擠得水洩不通的人影。

不是……那不是3D。

季芮晨嚥了口口水，那是貨真價實的亡靈，死在這裡的猶太人！

問題是，為什麼大家都看得見？

「出去！快點！」小林暴吼一聲，拉過最近的李博智，往樓梯上去。「不要踩到彼此，快點上去！」

電光石火間，出口的光線陡然一暗，緊接著傳來砰的關門聲！

「呀——」女孩子們失聲尖叫，緊接著是入口的關門聲，震撼了所有人。

上閂，落鎖，那聲音都清晰可聞。

所有人都卡在樓梯上或是紀念碑前，而在大家眼前的，是一整票比大家還激動的亡靈，正瘋狂的拍打著牆壁，或哭號或尖叫。

『救命……為什麼！』

『放我們出去！求求你們……』

『該死的納粹！』

哭聲、尖叫聲與悲鳴聲同時傳來，最後所有人都聽見了滾動聲，來自六個通氣孔。

氰化物下來了。

第六章．毒氣室

『嘎呀呀呀呀——』

眼前的猶太人們開始痛苦的慘叫，他們扭動著身軀、拿頭去撞牆，也有人倒在地上不停的抽搐，小孩子翻白了眼拚命顫抖，母親前一秒還抱著孩子，下一秒卻口吐白沫，咚的往地上倒去！

『為什麼？為什麼——』他們激動卻帶著眼淚悲傷的喊著，每個人最後幾乎都倒地，雙手掙扎著想往前爬行，卻做不到。

有人靠著牆滑坐在地上，再也不會動的身子僵硬，但是雙眼卻瞪得奇大無比，裡面裝載著忿恨與疑問；爭先恐後塞在樓梯間想奪門而出的人們，前一刻指甲還抓在鐵門上發出尖銳刺耳的聲音，現在卻趴在樓梯上抽搐，抽搐的頻率越來越慢，直到停止。

而所有的團員擠在一起，大家幾乎是貼著牆看著這一室過於真實的畫面，那不是3D影像技術，也不是幻覺，他們看見的是真實的屠殺情況！從通風孔滾下的罐子落地後，引起一陣驚慌，附近的猶太人都散開，沒幾秒罐子裡竄出詭異的氣體後，痛苦的叫聲就傳開了。

最令人毛骨悚然的是，通氣孔外傳來德軍的陣陣笑聲，那訕笑聲在嘲笑這些愚蠢的猶太人，還以為自己什麼身分能洗澡？鄙陋的民族殺一個少一個，根本不該生存在這世界上。

季芮晨很害怕，她兩眼發直的瞪著眼前滿室的屍體看，這些猶太人很無辜很可憐，但是為什麼……為什麼他們被關起來了？為什麼所有人都進入亡靈世界，看得一清二楚？

氣體沒有影響到他們，他們像是觀賞一部過往的電影，只是這在歷史上曾經發生過，可是亡靈集體出現、出入口都被封上，這絕對絕對不是好兆頭！

氣體漸漸散去，通風孔外也沒有了聲音，照理說德軍現在應該要把門給打開，進來將屍體拖出去……開門！快開門啊！

「嗚……這是怎麼回事？」小娟顫抖著哭泣，「這是什麼啊？」

余胖說不出話來，只能緊緊摟著她，但事實上他連站都站不穩了。其他每對夫妻都是緊緊相擁，甚至連S也偎在M的懷中，到了緊要關頭，她還是變得脆弱無依。

蘇家比較特別，蘇太太是巴著蘇哲富沒錯，但蘇哲富卻是護著爸媽，正昱被曉珊護著，姊弟倆全在雪莉的懷中。

「為什麼？開門啊！欸！」Dabby對著樓梯外的門喊著，她不敢貿然向前，因為樓梯上堆滿了屍體。

「那是幻覺對吧？」小林咬著牙問，「是不是走過去會穿過去？」

季芮晨覺得聲音好近，這才錯愕的抬頭，發現曾幾何時，自己居然在小林臂彎之中，他正擁著她，像保護般的姿勢。

「我……我不知道。」她深吸了一口氣，「我試試好了！」

「什麼妳試試！」季芮晨才要掙開他，立刻被小林阻止。「我去！」

「喂，我是Lucky Girl，你別忘了。」這幾個字季芮晨是抖著音說的，「你不要忘記在吳哥窟時的情況。」

曾有一個厲鬼士兵揮刀要砍她，最後卻沒砍下，反而灰飛煙滅。

「今非昔比，地點不同。」小林邊說，一邊拉住頸間的護身符。「我這次有萬全準備了，我先試——」

餘音未落，有動靜闖進他眼尾餘光中，讓他不得不梗住話語。

滿地或坐或躺或扭曲或趴的屍體，有人動了！那是肩膀的一個抽顫，某具趴在地上、五指僵硬呈挖地彎曲狀的屍體，顫了一下身子，右肩開始往上聳起，緊接著上半身跟著撐了起來。

『放我……出去……』陰惻惻的聲音從他低垂的頭傳來，『放我出去……』

迷濛的霧氣散去，剛剛那群正常的猶太人已經變了個模樣，他們扭曲著痛苦的面孔，有人臉部被腐蝕、有人雙眼凸出無法眨眼，也有人張大著嘴闔不攏，每一具都緩速移動，慢慢的朝向他們轉過來了！

『帶我走……我要回家……』樓梯邊仰躺摔落的死屍也出聲了，他眼珠子向上移動，望著離他最近的小林，伸長了僵硬的手。

「哇呀——走開！走開……」蘇太太失聲尖叫著，拚命的往中間擠，所有人只能縮成一團，但是一大堆死屍還是朝著他們爬過來。

他們身子都硬化，如同死前的掙扎，扭曲成不像樣的姿勢，吃力的朝著他們爬過來，驚恐、忿恨或是疑惑的雙眼都瞬也不瞬的盯著他們瞧。

『為什麼？為什麼要這樣做？』『快點開門讓我出去……』『我的孩子啊……我的……』

「這是什麼東西！」S驚恐的看向Dabby，「為什麼會這樣？這是鬼嗎？哇呀！走開走開！」

一隻手朝她的腳邊而來，S緊張的瘋狂踹開，手骨碎裂聲立即傳來，嚇得所有人同時倒抽一口氣，眼睜睜看著白骨穿出了那死屍的手肘。

他望著自己被踢斷的手，沒有什麼反應，只是使勁一伸直，繼續往S腳踝去。

「安息吧！你們已經死了啊！」徐若凡哭了起來，「這是假的！這不是真的！」

「不要過來，我們跟你們沒有關係，我們不是納粹！」陳偉拿著背包甩動，不讓死屍靠近。

小林飛快的衝到中間，就地擺上一尊佛像，才伸手準備抓住陳偉背包的死靈頓了一下，立刻僵在半空中。小林剛剛在左邊已經擺了一尊，然後中間擺好立刻朝右邊而去，右邊已經是白熱化的狀態了，死屍扣住S的小腿，打算把她拖走。

所以小林說了聲對不起，硬生生踩斷死屍的手，連骨帶肉的踹離，S已經暈死在M的懷裡，所以小林動作俐落得多，被踹斷手的死屍盛怒異常，他趁機擺上第三尊佛像，然後把屍手從S小腿上拔離，遠遠的拋扔到房間的另一角。

「大家盡量貼牆！在佛像圍起的半圓範圍內站好！」小林大聲喊著，「Dabby！妳退後一點！」

雖說是歐洲國家，但心誠則靈，小林運用的是自己相信的佛像，所以即使只是三尊迷你佛像，卻還是圍起無形的結界，阻止了死屍的進犯。

但這不代表他們放棄了，他們緊密的圍在佛像結界之外，每具死屍緊緊黏在一起，甚至層層疊疊，一具疊著一具，伸長手朝他們攫抓。

『放我回家！我只想回家……』那一顆顆白到發亮的眼珠子瞅著他們，『離開，讓我離開啊啊——』

僵硬的身子漸漸發出臭味，他們的身子扭曲得很嚇人，不難想像被氰化物毒殺時是多麼痛苦，甚至讓身子彎扭得不成人形！

『為什麼要殺我們？為什麼！工作呢？田地呢？』

『可惡的納粹！你們憑什麼這麼做，你們憑什麼屠殺我們！』

「他們在說什麼啊？我聽不懂啊……」阿桃腳都軟了，幾乎要站不住。「這是作夢嗎？如果是夢快點讓我醒！」

「快點跟他們解釋，我們沒有害他們！」蘇太太望向徐若凡他們，「你們不是老師嗎？快點去說啊！」

「這跟當老師有什麼關係？妳、妳公公不是校長嗎？」就算在危難之際，陳偉還不忘反撲。「叫他出去翻譯啊！」

「我、我……我又不是念波蘭語的！」爺爺根本已經站不穩了，他活到這麼大把年紀，從來沒看過鬼啊！

『沒有人性的混蛋！你們這些都該下地獄的自以為優秀者！』死屍們沒有停止層層疊疊，越疊越高，小林開始覺得不對勁。

季芮晨緊咬住唇、絞著雙手，做了幾百個深呼吸了，發現這根本不是一場夢或是幻覺。門不會開，這些死靈也沒有要走的意思！

「我們很遺憾，但是我們不是納粹，你們已經都死了，這已經是七十年前的事了！」季芮晨揪著心口說話，「請你們安息吧！請你們就這樣離開吧！」

所有團員瞠目結舌的望向季芮晨，那流利的猶太語讓人訝異，甚至連 Dabby 都說不出話來。

『歧視對我們做出殘忍的行為，這種人不該存在！就是有他們這種人，我們才會慘死！』猶太人死屍們堆出了一個雛形，小林眼尖的發現，他們正堆出一個巨大的人形！『自以為優越者，更該死！』

『更該死更該死更該死更該死更該死更該死更該死更該死！』

無盡的回音與群情激憤的聲音在密室中迴盪著，越來越大聲，幾乎震耳欲聾，大家都哭了出來，尖叫聲對抗著咆哮與忿怒，而巨大的死屍人形伸出了手，往團員們竄了過去！

「住手！季芮晨，翻譯！」小林抛上佛珠，「叫他們走開！這不是我們的錯！」

巨手明顯被佛珠擋下，但同一時間，他們卻揮動了左手——左手正往阿桃上方而去，她跟老公尖叫緊抱著彼此，一旁的小娟歇斯底里的長叫著，完全無法動彈！

但是余胖將她一把拉開，陳偉也急著要推開阿桃他們夫妻，這時候應該要竄逃四散才對，站在原地根本不是辦法！

「不要慌！大家不要跑！」小林緊張的大吼著，「只要站在佛像的範圍之內就不會有事——」即使是上空也一樣啊！

但是，恐懼盈心的人無法聽進這麼多，不知道誰使勁推了一把，徐若凡整個人居然踉蹌的往前摔了出去，直接撲向巨大的屍群！

「哇呀呀呀——」陳偉來不及抓住妻子，只能眼睜睜看著她被一大群死屍準確的抓住。

剎那間，有許多具死屍扣著慘叫中的徐若凡往後去，隱匿在巨屍之後，所有人只能聽見她淒厲的尖叫聲。

「誰推她出去的！」陳偉怒吼著，「誰——」

「少這麼激動，有本事你不會追出去嗎？」蘇哲富低沉的斥著，他討厭吵鬧的環境。

「若凡！若凡！」陳偉痛哭失聲，可是巨屍還沒完，大手繼續再探過來。

「貼著牆不要動！」小林大喝著。

「問他們要什麼！」蘇哲富突然抓過了季芮晨，「快點問他們的目的！」

季芮晨慌亂的仰首問著，是啊，這些被毒死的猶太人究竟要什麼？他們應該知道他們不是納粹啊！

『回家。』眾多死靈異口同聲，用巨屍的嘴說著。『歧視者，死。』

歧視者，死。

季芮晨心裡涼了半截，她不知道該不該翻譯後面這個訴求，因為如果猶太人痛恨歧視的話，她完全能裡解，因為他們的種族就是在這種不平的歧視下慘遭浩劫的。

「你們不該這麼做，我們都是無辜的生命。」她一字一字，向死靈們祈求。

『沒有人是無辜的！』死屍忿怒的大吼出聲，嚇得所有人魂飛魄散，與此同時，季芮晨突然感到背後一股力量——

她被推出去了。

完全沒有任何阻止力量，她直接飛向了死靈們，他們準確的接住她，然後又將她往後扣離拖走。

「小晨！」

她只聽見小林的聲音，然後是一陣慌亂逃竄聲。

等她眨動眼睛意識清明時，發現自己人貼著牆，眼前是憂心忡忡的徐若凡，正輕柔拍著她的臉。

「小晨！小晨？妳看著我，看見我了嗎？」她慌亂的問著。

季芮晨蹙起眉，眼前逐漸清楚，她皺起眉看著毫髮無傷的徐若凡，有點錯愕。「徐老師？」

「他們把我帶到這裡後，就走了。」徐若凡自己也不明白，但是真的沒有任何死靈再靠過來。

季芮晨驚覺著回首望去，小林設的結界曾幾何時毀壞了，大家東竄西逃，而巨屍更是瞬間崩散，一具具死屍又往目標物爬行而去。

「救命救命啊！」有人敲打著鐵門，歇斯底里的喊著，聲音有男有女。

「走開！」有人揮動背包想趕走他們，卻突然有死靈從後面跳上來，勒住了他們的頸子，但季芮晨看不清楚是誰。

「不要抓我！不要抓我！」象徵性的聲音終於傳來，季芮晨站了起身，往被抓住的人的方向望過去。

她就知道，死靈們總是有目標的，不傷害徐老師及她，是因為要的人不是她們！

「老伴，救我！救我——」奶奶趴在地上，雙腳被猶太人抓住往後拖行，十指扣在地板上掙扎，而爺爺就縮躲在角落，緊緊抱著搶到的佛像，雙眼含淚的望著她。

搖搖頭，再搖了搖頭。

「救我，把佛像給我！丟給我啊！」奶奶尖聲喊著。

蘇哲富不在房間的範圍，他像是去幫忙撞門了，但是聽見母親的求救聲，飛快的回奔探視，驚恐莫名。「媽！」

他回首看了一眼只求自保的父親，不可思議的緊握雙拳，留意到地上還有一尊佛像，趕緊朝母親扔了過去。

奶奶伸手想抓卻落空，佛像掉到面前數公分之距，往這兒爬行而來的死屍們完全不在乎那尊佛像，一腳踢開。

奶奶瞪大恐慌的眼，看著那發黑的佛像，為什麼……那尊佛像上面有裂痕？

「不——」奶奶十指使勁的扣住黃土地板，指甲啪的斷裂，鮮血滲出，留下一如當年的爪痕。

「媽——」蘇哲富驚慌的要上前救母親，卻突然被人一把從身後抱住。

「不要去不要去！」蘇太太嘶吼著，「你還有我跟孩子！要想想我跟孩子啊！」

雪莉緊緊抱著兩個孩子，孩子們緊閉上雙眼，聽話的不睜開，埋在雪莉豐滿的懷裡，她只是垂首，握緊十字架，讚頌主與聖母瑪麗亞。

「住手！你們要對她做什麼！傷害你們的不是她！」季芮晨衝向那群死屍，試圖解救老奶奶。

『回家……要回家，要拿命來償！』一堆站起的死屍歪歪斜斜的擋住季芮晨的去向，『自以為優秀者便該死，該死該死該死該死該死該死！』

「讓開……小林！」季芮晨急著想往前，卻被一把往後推倒。「呀——」

『妳不要插手！要為妳身後的軍官想一想！』死靈朝著她咆哮，季芮晨卻愣住了——Kacper？

小林根本傻在原地，他不知道還能拿什麼道具對付這些死靈，佛像再次失效，他還在想著為什麼！

『妳沒有比較優秀！妳沒有比較優秀！』一群死屍忽然將奶奶的腳提起，往通氣口那兒倒立般的塞進去。

「符！符……」小林立刻從背包前翻出兩張黃紙符咒，二話不說的衝上前，在死靈們回首對他猙獰咆哮之前，貼上他們的身子。

下一秒，轟然一聲，死屍身上居然竄出了熊熊大火！

「哇啊！」小林被這火震得往後踉蹌倒去，眼前的死屍們不可思議的望著自己的身子起火燃燒，發出痛苦的叫聲。

『唔啊啊啊啊——』燒焦的味道即刻傳來，烈火焚燒著死靈，發出劈里啪啦的聲響，頭髮焦化、皮膚燒乾，僅存的體內油脂必必剝剝。

有效？小林一咬牙，準備再拿出更多的傢伙出來——只是才在準備，突然其他沒有被貼上符紙的死靈們也開始燃燒。

『我們都已經被燒過了，被燒過了！』渾身是火的猶太人朝著小林大吼，『燒成灰拿去當肥料了！』

他們大吼著，忽然身子向後一下腰，肚子啪的因為內外空氣壓而炸開，腸子內臟噴了出來。

一具具死屍的腹部接連炸開，整間房間裡橘火一片，但小林只感到熱卻不覺得燙，季芮晨也是一樣的感覺，只看得見火、感受得到熱度，但是她剛剛觸及火燄時並不會燙人。

老奶奶發出淒厲的慘叫聲，她的身子竟開始燃起火苗。

「哇啊！火！火……好燙！好燙！」奶奶被塞進窄小的通風孔裡，她雙腳踢動掙扎。

「啊啊！我塞不進去！塞不進去啊——救我！救我！」

『傲慢必死，必死……』死靈們不斷的把她往通風孔裡擠去，一隻腳還過得去，但是另一隻腳卻無論如何都塞不進去。

畢竟那大小只供當年投罐啊！

可是他們還是把奶奶塞進去了。

通風孔的邊緣不利，但是死靈的力道強大，強大到讓通風孔的周圍成了利刃，硬生生把奶奶塞進去的後果就是削皮去肉，骨頭碎裂擠成一團，兩隻腳硬是扭成一隻腳，從通風孔裡擠壓進去。

「呀——哇呀——啊啊——哇啊啊啊——」奶奶歇斯底里的尖叫不止，椎心刺骨的痛帶來恐怖的叫聲，直到她幾乎沒有力氣再慘叫為止。

「住手——」季芮晨再度跳起身衝撞了死靈們，她知道火不會燙，死靈不會傷她，不會的不會的！

『喔喔喔喔！』死靈們忽然歡呼雀躍，一骨碌再把奶奶往通風孔塞去，這一次偌大的骨盆一口氣就碎裂壓縮擠入了。

就在這一瞬間，小林理解到了某件事！

「季芮晨！妳退後！」他驀地大吼，「退得越遠越好！到徐若凡身邊去！」

咦？她錯愕的隔著燃火的屍體們望著他，小林已然站起身，對著她下令。

「可是我……」她喊著的同時，死靈們已將奶奶推到了胸部。

「退後！」小林指著角落忿怒大吼，口吻不容她再次質疑。

季芮晨又氣又難過的向後退，一路退到了牆角，徐若凡攙住了快倒下的她，淚如雨下。

「你們真的夠了，被屠殺是場浩劫，是很可怕悲慘的事，但是這不是我們任何人的錯。」小林咬著牙把背包裡的符紙拿出，直接往死屍們扔去。

『哇呀——』他們發出可怕的號叫聲，舉高了手畏懼般的閃躲，下一秒那橘火燄燄的場景瞬間消失。

一點殘影都沒有剩下，明明伸手擋臉蹲下的死靈們，卻在蹲下的剎那全部都不見了。方室裡進入一種詭異的寂靜，只剩下零星的啜泣聲，但是這一切不是幻覺也不是夢，因為奶奶倒吊著，就卡在通風孔裡。

她雙手無力的低垂著，胸部以下全塞了進去，大量的血正倒流下來，順著她十指的指尖、順著她的臉、她的眼睛、她的灰白頭髮，一滴一滴的蓄積在地上。

最可怕的是，她還活著……她顫抖著、抽搐著。

「奶奶……」小林哀傷的蹲下身子，想知道還有什麼能做。

奶奶染血的眼珠子無力的望了他一眼，她很想抬頭看向自己的家人，蘇哲富奔了過來，大喊著媽，伸手想要抓住她。

說時遲那時快，奶奶居然咻的一聲，幾乎毫無阻力的被吸進了通風口裡。

速度之快，即使大家聽見骨頭連續被壓碎的聲音，看見血肉通不過窄口而被刮下噴出，奶奶還是在眨眼之間被吸走了。

趕到通風孔前的蘇哲富癱軟跪地，迎接他的除了奶奶耳朵上戴的紅寶石、手上的玉鐲子、眼鏡跟一堆飾品外，剩下的便只有大量從通風孔裡嘩啦而出的鮮血，像雷雨時的排水孔一般。

喀噠——鏘——咿——

有人解開了鎖，拉開了門子，最終是門開啟的聲音。

門開了。

第七章．頭髮之山

Dabby 搶在小林之前，踉蹌的爬上窄梯，衝出地下室。

在密閉空間裡的恐懼讓眾人瘋狂的跟著衝出，連滾帶爬，完全忘記瞻前顧後的就往外爬、往外逃。

如果是季芮晨，她會先注意開門的是誰？還有外面究竟有些什麼？

但是她跟小林以及蘇先生都僵在通風孔下，任憑身上褲子被濕黏熱濡的鮮血濺濕，半晌說不出話來。

如果可以，每個人都會希望這是場夢，等會兒夢醒了什麼都是假的，奶奶依然會挽著爺爺的手輕笑，就算她用嗤之以鼻的眼神看著別人也好，一切都無所謂。

「哲富……」蘇太太楚楚可憐的在後面叫喚著，她一隻腳都向著門口去，好想好想火速衝出這裡！

陳偉親自跨過這一整間毒氣室來到牆角，接過他結髮多年的妻子，徐若凡緊抱著丈夫哭得泣不成聲，半攙半走的朝外走去，不良於行的她，在此刻更加吃力。

「小林、小晨，走了！」李博智心急的喚著，再待在那裡面，誰曉得等一下又會爬出什麼？

小林撐起身子，抹去臉上的鮮血。「走吧，小晨，妳扶一下蘇先生，我收拾一下東西。」

季芮晨點了點頭，趕緊上前攙起跪地的蘇哲富，有兩行清淚自他臉龐滑下，他出手擋下她的動作，表明自己沒事，但有些吃力的站起；季芮晨覺得心裡有很要不得的想法，看見淚水，她才知道原來蘇先生是有眼淚的。

小林仔細的拾撿剛剛扔出去的所有法器、滾落牆角的佛像、剛剛圍住大家的佛像，盡可能把東西收集齊了，才緩步往外頭去；現在外面風平浪靜，一點聲響都沒有，他也沒有心思多想什麼，只知道沒有尖叫聲，就是安全。

他們終於頹喪的走了出來，小林最後一個步出，外面竟是一片昏暗天色，有別於進來時的陽光普照、豔陽高掛，剛剛灑落一片金色的大地，此時只顯得益加荒涼。

而且，除了他們，居然沒有別的旅行團。

小林狐疑的往前才走了兩步，身後陡然砰磅一聲，出口的鐵門居然又關上了，嚇出眾人一聲尖叫。

緊接著是可怕的哭號聲再度傳來，從那毒氣室裡，聽見永不間斷的悲鳴，敲門聲、狂吼聲、嘶喊聲，聲聲入耳，滲入心扉。

「這是……這是怎麼回事？」小娟被余胖攙抱著，腿軟的就地坐了下來。

「那個奶奶真的、真的……」李博智一臉不可思議，愛妻渾身直打顫，也虛軟的蹲下地。「被塞進那個通風孔？」

徐若凡只是緊緊揪著陳偉的手臂，臉色蒼白的不說話，對於自己能九死一生，已經額手稱慶；S還昏厥著，M不急著叫她醒來，因為他覺得一直昏著或許是件好事。

「嗚嗚……嗚嗚嗚……」爺爺激動的痛哭失聲，跪在地上雙手插入土地裡，為他妻子的逝去而悲痛。「阿芬！阿芬啊！」

「別哭了！」蘇哲富忽然厲聲吼著，「你哭什麼，你剛剛就顧著自己保命，完全不管媽！」

「我、我走不動！我走不動啊！」爺爺搖著頭，為自己辯駁著。

「你抱著佛像，別以為我不知道！」蘇哲富猛然蹲下，粗暴的拉起父親的手，立刻在他身上亂摸亂找的，引來身邊的人勸阻。

「別這樣，哲富！」連蘇太太都嚇了一跳，沒見過先生這麼暴力。

幾秒後，蘇哲富從爺爺口袋裡抓出迷你佛像，像證物一般的擺在他面前。「看見沒有！是你破壞了小林保護我們的屏障，你只求自保，所以把佛像佔為己有，害得大家逃竄、害得媽被抓走，你卻只顧著捧著它躲起來！」

所有人不約而同詫異的望向爺爺，剛剛的屏障破解，源自於這位老人家的自私？陳偉立刻怒目而視，就是因為這樣若凡才會被拖走，現在是老婆沒事，萬一有個三長兩短，就算蘇爺爺年逾九十，他一樣要他的命！

「還給我……還給我！」爺爺一陣驚慌，伸長了手要拿回佛像。「我自保有什麼不對！保命各憑本事，人不為己，天誅地滅！」

「喂！你會不會太過分？」李博智忍無可忍的嚷了出聲，「大家一起活命不好嗎？如果小林有本事保我們大家，你又為什麼要一人獨活？」

「我不一樣，我的身分地位跟你們不一樣，沒有均分的生存機會，要活下來當然要我們這種人才對社會有用！」爺爺破口大罵著，有別於之前看似的低調和藹，鄙夷的望著大家。

「你在說什麼瘋話？你都幾歲了還能對社會有什麼用？這時候還論身分地位？」陳偉氣急敗壞的站了起來，「有錢有屁用？大學校長了不起啊？你老婆富太太一個，還不是一樣被塞進通風孔當了肉罐頭！」

蘇哲富倏地狠狠回首，厲斥了聲：「住嘴！」

「住什麼嘴？你叫我們住嘴前為什麼不叫你爸閉嘴？」徐若凡也氣急了，「少用那種命令式的口吻跟我們說話，你以為我們都是你家菲傭嗎？」

話一出口，徐若凡驚覺到自己有失禮儀，趕緊尋找雪莉的身影；雪莉與孩子們默默的坐在一邊，孩子們緊抿著唇不發一語，依然環抱著她，雪莉也似乎充耳不聞，只是不停的禱告。

「放心，你們等級比雪莉高。」蘇哲富冷冷的說著，站起身來。「我至少還懂得區分菲律賓人跟台灣人。」

「有差別嗎？」

幽幽的疑問句來自Dabby，她不明所以的看著散落在各個方向的團員，從接團至今，她看見聽見的都是歧視，同一個國家的人，從學歷歧視到工作、從工作歧視到家庭背景，社會地位、財產多寡，甚至連一只皮包都能有所區別。

「當然有，人生而平等這種都是屁話！」蘇哲富冷冷的瞥了一眼周遭，「這裡就是活生生的例子，什麼人就該做什麼事、說什麼話！」

「大家都是人，不該有這麼多差別！你可以說政治經濟上的地位，可以論錢的多寡，但人格上、相處上不該有高低等的分類。」Dabby搖了搖頭，「你們有錢不見得比較優秀，畢竟令堂就是血淋淋的實證。」

「她只是被信任的丈夫背叛而已，爸從以前就嫌媽書念得不夠多、智商不夠高，所以他才會選擇自保。」蘇哲富意外的了解自己的父親，爺爺聽著這指控，半句不吭。

一旁的蘇太太悄悄瞥了丈夫一眼，她心裡湧起非常不安的想法，她也沒有哲富來得厲害、來得聰明，他的心裡是否也是那樣定位她的？她比較低等？緊要關頭犧牲她，因為她是沒有用的人？

毒氣室裡的慘叫聲很早就停了，小林跟季芮晨一直沒說話，一個沉吟著在思考，另一個拿著濕紙巾擦掉臉上的鮮血。

「大家吵夠了嗎？M，叫S起來了。」小林忽地一骨碌跳起，「沒有人覺得這裡很詭異嗎？」

這裡？大家這才仔細的環顧四周，天色呈現橘灰色，雲層甚厚，但似乎不會移動，沒有陽光也不是黑夜，是一種沉悶的陰天；前無古人後無來者，連觀光點的服務人員都不復見。

小林筆直走向蘇哲富，朝著他攤開掌心。

「幹什麼？」他睨著他。

「佛像還我。」小林沉穩的說。

「不可能，那是我的了。」蘇哲富說得大方極了，「我不是會分享的人，你愛分享是你的事。」

蘇太太聞言立即奔到丈夫身邊，緊緊的勾住他。現在他有護身符，死活都得巴著他不放。

「姓蘇的，你會不會太過分，那本來就是小林的東西！」大家紛紛不平則鳴，「而且那是拿來保護大家的！」

「他自己要拿出來的，我沒逼他也沒壓他，但現在我撿到就是我的了。」蘇哲富毫不以為意，對著小林露出輕蔑笑意。「我只能說，傻子！這就是我能當律師，而你只能當領隊的區別！」

他旋過身子，還是拉過了父親，怎樣都是一家人，他還是想全保下；蘇太太對著雪莉招招手，是曉珊搖搖她才知道被呼喚，趕緊起身帶著一雙孩子湊過去。

眾人義憤填膺，最後得靠小林阻止。

「算了，別擔心，不過就一尊佛像。」小林深吸了一口氣，轉向Dabby。「Dabby，妳說這是哪裡？」

「這裡是原本參觀完的地方，沒有什麼差錯……」她頓了一頓，「只是我不懂為什麼都沒人，電話也沒訊號。」

她拿著手機，怎麼Call就是Call不出去！大家立刻也跟著拿出手機，不管哪一支都毫無訊號可言。

「別打了，我們不能待在這裡，得往前走。」小林重新計算人數，少一個人，就是可能還塞在通風孔的奶奶。「Dabby，下一站是哪裡？」

「還要往前走？」徐若凡慌亂的搖頭，「萬一又出事怎麼辦？」

「我不要！我不要！」小娟驚惶失措的抱著余胖哭喊，「我不想去別的地方！」

大家爭執起來，小林認為應該要繼續往前走，他不認為這裡是正常的世界，既然都能見鬼了，說不定他們在一個鬼設的結界裡，或是異度空間；陳偉等人立即駁斥為無稽之談，蘇哲富覺得荒謬絕倫，唯有S這對夫妻舉雙手贊成，他們是科幻跟恐怖片迷，對這種理論一向非常支持。

「都能有鬼了，難道還會是真正的參觀點嗎？奶奶叫得這麼淒厲，怎麼會沒人過來關照？」M說得振振有詞，「還有我們為什麼被關在裡面？誰開的門、誰關的門？你們有本事解釋給我聽！」

「別回答我真人實境秀這種鳥答案，全世界沒有哪個實境秀會殺人的！」S冷冷的說著，即使沒看見殘忍的殺人過程，但也嚇得魂不附體。「我們不是在異空間，就是在鬼世界，再不然就是闖進了某種封印裡！」

這邊說得頭頭是道，另一邊繼續反駁，現場簡直像在開辯論大會。

唯有季芮晨，她遠遠的望著比剛剛更加深沉的樹林，大家難道都沒發現，現在連一點點風都沒有嗎？雲不會動、樹也不會動，這世界沒有風的流動，但是她卻聽得見沙沙聲響。

有東西在遠方的林子裡移動，他們踩過樹枝，掠過樹梢，葉子聲、枝葉聲清脆，還有踏在泥土地上的聲音、拖曳聲，最後是一種盈滿胸臆，激動的聲聲呼吼——『回家！快到了……我們要回家了！回去吧！』

「小晨。」小林凝視著她的側臉，她正嚴肅的眺望遠方。「聽到什麼？」

季芮晨幽幽回頭，緊鎖雙眉。「有一大群人……不，亡者在樹林裡前進，一直往我們這裡來。」

她頓了幾秒，再低首看向腳邊的土地、身後的毒氣室。「這裡的猶太人，哭喊著他們也要回家，因為要離開，所以要血祭。」

這番言論讓所有人怔忪不已，縱使陳偉他們意圖再反駁也說不出理由，毒氣室的一切是他們親眼所見，那一個個不該存在於現實的猶太人在面前被毒死，又成了鬼魅朝他們而來，最後還殺死了一個老奶奶。

「我是領隊，我要帶領大家平安出遊，順利到家。」小林這話倒是語重心長，「我們沒有回頭路，必須往前走！Dabby，麻煩妳。」

Dabby 顫抖著手，落著淚舉起小旗子，輕輕的揮了揮。「那我們參觀下一室。」

「等等……等一下！」小娟突然嚷嚷起來，「真的要進去？」

下一個地方，是所謂的紀念館，又是一幢接著一幢的密閉空間，小娟自然會緊張。

「難道我不能繞過去嗎？繞過毒氣室，就可以回到剛剛的入口處，順著鐵軌回去！」

余胖指著後方，那兒明明有路可以走。

「那邊有德軍，我聽見軍靴行走聲、槍枝上的金屬音，還有槍聲。」季芮晨說得很淡然，「他們剛剛殺了意欲逃走的猶太人，十次了……啊，第十一次。」

一次再一次的歷史重演，逃走的人，以及劊子手。

余胖他們聽了臉色更蒼白，只有緊緊相擁。

「這裡不只有被害者，也有加害者。」小林勾勾手，「大家還是繼續往前吧！」

「……那、那為什麼剛剛在裡面時，徐老師跟小晨都沒事？」小娟顫抖著問出心裡最大的疑惑，「她們明明被鬼拖走，為什麼毫髮無傷？可是奶奶卻——」

這個問題，的確是大家內心最大的疑問！只是剛逃出生天加上蘇家的吵架及嘴臉，一時轉移了大家的注意力。

「因為猶太人是有目標取向的，他們的目的是回家，要血債血償的人——是跟納粹一樣的人。」季芮晨不知道該怎麼說才最婉轉。

「跟納粹一樣？妳是說我媽跟納粹一樣？」蘇哲富聞言只有氣急敗壞、怒不可遏。

S倒抽一口氣，她轉了轉眼珠子，忽然想到了。「我知道了，歧視！瞧不起別人！」

咦？這話讓大家都傻住了，歧視？

「奶奶不是瞧不起我們嗎？認為我們是沒用的年輕人。」S回想著昨天的爭執，「昨天她說過我當程式設計人員根本不適合，一定是三流公司有沒有？」

「對對對，她還說我開飲料攤最適合，因為只能做那種不用腦子的活！」M也恍然大悟。

只有他們兩個聊得最開心，其他人的神色各異，越來越沉重。

這就是季芮晨不想說的原因，因為這一團的歧視太嚴重了！她甚至在想，為什麼這麼多團來都沒出事，偏偏這一團的人卻會引來猶太人的反撲？

還有回家是什麼？在樹林裡行走的又是誰？以及，為什麼那個猶太人提到了Kacper？

「這邊走吧！」Dabby 走在最前頭，帶著大家走進明明有燈，卻又陰暗的屋子裡。

小林就站在門口看著大家進去，最後看向季芮晨。

「還沒完。」她搖了搖頭。

「我知道。」他低語，「找個空檔，把妳身上的護身符都拿下來。」

「……為什麼？」她緊緊壓著胸口。

「因為妳用不到，我可以分給大家。」他很嚴肅，「不過特地送妳的那條很厲害的手鍊就先不必了。」

「什麼叫我用不到……」她咕噥著，「我剛剛說不定是狗屎運……」

「妳不是 Lucky Girl？」他說這幾個字時，跟平常的戲謔不太一樣，眼底裡閃爍著詭異。

一行人走進的紀念館裡，有駭人的景象，有猶太人的水壺、義肢，堆成像小山一樣；還有眼鏡，一副眼鏡代表一條人命，就堆在一起，當時的納粹都收集起來，再讓女工們加以整理。

紀念館裡一個人都沒有，鐵柵欄裡關著一件件衣服，白底藍紋，懸掛在裡頭像是吊在空中的數個人，看得大家膽戰心驚。Dabby 硬著頭皮回頭望向小林，他示意再往前。

再往前走，大家幾乎都走不動了。

那是極為駭人的一幕，就算剛剛沒有發生那樣的事、就算他們在正常的世界中，也沒有人會忘記那一景。

那是座頭髮山。

「每一個猶太人都會被削髮，納粹要充分利用猶太人的一切，連頭髮都能製作毛毯跟衣服，這只是最後的一批，大概有七十噸……」Dabby敬業的解釋著，「一綹髮也代表一條命，之前到底有多少頭髮，我們不得而知。」

「好噁心！」蘇太太忍不住別過頭，埋在蘇哲富肩頭上。

小娟乾嘔起來，她自然的聯想到剛剛在地上掙扎痛苦的猶太人們，他們不是光頭就是頭髮被削得極短，那些頭髮都在這裡！

S緊皺著眉，雙手合十的做祈禱狀。

『不要剪我的頭髮！不要剪我的頭髮！』一聲淒厲的慘叫驀地爆出來，所有人立刻嚇到互擁在一起。

『他最喜歡我的長髮呢，不要剪、不要剪！』那聲音哭得很可憐，哀求般的喊著，只是讓大家不可思議的是，聲音是從頭髮堆裡鑽出來的！

『我能離開嗎？我想回家……』

『被做成毛毯也好，至少我能離開這個地方……』

『全是騙子！什麼工作換取自由，為什麼我會死在這裡！為什麼！』

『我想上學！我想戀愛！』

大家同一時間呈放射狀的向後踉蹌好幾步，「這又是什麼？」為什麼又有人說話了？

季芮晨倒抽一口氣，「一綹頭髮，也是一份思念。」

「什麼？」大家不約而同的回頭看她。

「他們的怨跟靈魂留在頭髮上，想回家、想出去，或是對這個集中營及納粹充滿深刻的恨意。」季芮晨喃喃說著，那都是他們臨死前的心聲哪！

頭髮山忽然輕微移動，小林原本以為是錯覺，但定神一瞧，卻真的發現如風吹般的輕顫，他緊壓著胸口下的平安符往前，連季芮晨也狐疑的跟著朝前走去，才發現移動的地方，居然是一堆散亂的頭髮，一根一根的相互自動編織，像繩索般越織越長。

而束起來的、或是紮起來的頭髮，則是直接飛出頭髮山，朝著站在周圍的團員而去！

「快跑！出去！」小林大吼著，「Dabby！帶他們走！」

跑？一聽見跑，大家只管蜂擁而出，朝著前頭的出口奔去。

一束長髮如蛇般蜿蜒竄出，倏地圈住了路過的S的腳踝，直接把她摺倒向後拖走。

「呀！M！」她重重仆街，什麼都來不及做就被往後拖行。

不止她，回首的M被一條辮子勒住頸子，也往頭髮山拖去，陳偉夫妻、李博智夫妻被一大圈頭髮緊緊圈住身子，而且是兩兩一組被圈住。

「哇呀！這太誇張！」頭髮居然會動，任誰都會驚惶失措！

一根又一根的髮絲以疾速一一阻斷大家的去路，而且能纏能綁的無一放過。

小林完全來不及做些什麼，一來大家逃得太分散，二來頭髮的速度驚人，個個分開後，他沒辦法再拿法器保大家周全。

唯有蘇哲富一家，由於他手持佛像，頭髮並沒有攻擊他們。

當然，還有小林跟季芮晨，不管他們站得多近，都沒有一根頭髮朝他們過來。

『為什麼……死的會是我們？』亂成一團的頭髮，下方竟然浮現頭顱。『為什麼偏偏是我們？』

『誰優秀誰低下，是誰決定的？』一顆又一顆血跡斑斑的頭浮現，他們找到屬於自己的頭髮現身。

頭部是糜爛的痛苦的扭曲的，頭髮是散亂且毫無光澤的，但是從頭髮山，成了頭顱山，只是讓人更加毛骨悚然而已！

頭髮像是靈活且數不清的觸手，S整個被壓制在地面，M如蠶繭般被重重縛起，陳偉跟徐若凡被綁在一起，雙手以互握之姿被纏住；阿桃跟李博智腰部以下被層層捲起，只能像蟲一般在地面蠕動。

余胖則被高高吊起，小娟卻呈大字形被纏住，吊在頭髮山前。

『好漂亮的長髮……』在小娟身邊浮出了一個女人的頭，看著她一頭烏黑長髮。

『還閃閃發亮的！』

嗚……小娟哭個不停，為什麼他們要在她耳邊說話啊！

『為什麼妳能留著長髮，我卻不行？』另一邊的頭顱也飛了過來，他伸長了舌頭充當手，「撥」過她的長髮！

「余胖！余胖！」小娟哭喊著老公的名字，可是被吊在上面的余胖根本動彈不得。

「小娟……你們滾開，放開我的小娟！」

『哼哼……只是身材好一點而已，人長得又不漂亮，敢露就以為自己贏了！』重重的頭顱們開始說著莫名其妙的話，『頭髮又燙又染的髮質很差，染成金色看起來好低俗，不過想想也是，畢業的大學連聽都沒聽過，居然還可以當程式設計師喔？』

咦？小林愣了一下，下意識看向趴在地上的S！她也一臉驚愕，吃力的抬起頭，程式設計師？她也是耶！

吊在上方的余胖臉色陣青陣白，恐懼的低首望向小娟。

『不像我這麼有氣質，而且又優雅，至少工作比她好多了！』頭顱們幽幽的說著，『不過算了，只是出來旅行個幾天，忍一忍就過了！』

等等……翻譯完的季芮晨轉了轉眼珠子，這不是頭顱們自己捏造的話語！這難道是……小娟說的？不太可能啊，這兩天他們兩對夫妻感覺感情不錯，S還說跟小娟一見如故，很合啊！

「這是什麼！」M有些不悅，「這是在說我的女人嗎？」

「不……不是！」小娟哽咽的搖著頭，「不是的！我只是隨便說說，開玩笑而已、開玩笑而已！」

為什麼這些頭髮……頭顱，不管是什麼，會知道晚上她跟余胖說的話？

「我？是在說我嗎？」S錯愕極了，放聲大喊。「回答我！我誰也看不見，是在說我嗎？」

「小娟只是開玩笑的！她只是想要我說她比較漂亮而已！你們不要誤會！」上頭的余胖哭了起來，「我們無意傷害任何人的！」

不會吧，那個總是溫和的小娟，骨子裡是這樣看S的？季芮晨持續戰戰兢兢的翻譯著，但是從現場的氣氛看來，事情沒那麼容易善了。

騰騰殺氣湧現，每一顆頭都面無表情，卻又有著強烈的殺意。

小林手插在口袋裡，離他最近的是S，然後是四位老師們，用刀斬得斷那些頭髮嗎？他有把瑞士刀，加持過的。

「哼！原來如此，還敢指責我勢利瞧不起人，自己反而是道貌岸然！」蘇哲富冷冷的笑了起來，「還裝優雅、裝得與世無爭，笑話！世界上最可怕的反而是妳這種人！妳跟納粹還真是一模一樣，一邊廣開大門說要讓猶太人工作換自由，一邊又把他們送進毒氣室！」

『啊啊啊啊啊啊啊啊啊啊啊啊──』尖銳悲痛的尖叫聲立時傳來，像是在回應著蘇哲富說的話，一字一句都讓他們心痛！

「我沒有！我才不是——呃！」小娟倒抽一口氣，因為勒著她身子的頭髮更緊了。

趁著這痛苦的悲號，小林飛快的滑向前，右手抽起時握著刀子，直接往S身側一割，頭髮應聲而斷，同時竟發出一種嗚咽聲，像是頭髮的哭泣；數根頭髮停凝在空中，意圖朝小林而去，卻明顯的受阻彎曲，倏而撤退。

季芮晨見狀，也決定上前幫忙。

「妳別動！」小林忽然指著她喊，「妳退後！離頭髮山越遠越好！」

咦？季芮晨一股無名火冒了上來，小林是什麼意思？為什麼三番兩次的禁止她插手，還視她為凶神惡煞般？

「小晨，退後！」小林大喝著，季芮晨咬著唇後退，可是怒火中燒。

小林把S拉出來後，立刻過去割斷老師們身上的頭髮，只是刀子還沒靠近，頭髮們就即刻鬆開遠離，一根根不同顏色的頭髮全部退回去，反過來纏繞上小娟的身子。

她被呈大字型的綑著，無數絲絲頭髮繞著她的雙臂、身子乃至於雙腿，小娟的身子都被頭髮綑住，而且頭髮一使勁，就把她身上的肉圈出一層又一層。

「唔……好痛！好痛！」小娟恐懼的哭喊著，「對不起對不起，我不該那麼想的！S，我不是刻意的，我真的——」

手被勒紅的S正撫著手腕嚷疼，她皺起眉，仰首看著在半空中的小娟，搖了搖頭。

「我、我不介意，我以前就是靠當檳榔西施才能念書的，我不在乎啊！」

問題是，妳不在乎，自有人在乎啊！

『自以為優越，瞧不起我們還裝出和善的態度，再剃掉我們的髮，殺死我們，讓我們陷在這兒哪裡也回不去！』頭顱忿怒的齊吼著，『大家現在都要回去了，我們也要！我們也要離開！』

「我、我可以找方法讓你們離開，但是你們不要傷害人啊！」季芮晨緊張的朝著頭髮山大喊。

『不需要了，回家的路已經開啟了，我們正朝歸途會合！』人頭紛紛朝向季芮晨，『妳身後的軍官也該離開了！』

咦？Kacper？他在？季芮晨刷白了臉色。

緊接著頭顱紛紛向後轉了九十度，『妳的兒子也快回來了！妳兒子開啟了回家的道路啊！』

季芮晨愣了一下，發現頭顱是對著……那握著旗子，全身不住發抖、正曲膝蹲在地上的女人看去。

『血債，血償。』

「不！」小林驚覺到不對勁，只見勒著小娟身體的頭髮忽地一緊，她狠狠倒抽了一口氣——

「啊呀——」

剎那間，髮絲如細刃，同一時間通過了小娟的身子。

手、身子、腳，甚至是頭顱，像爆炸一般成了無數的塊狀，向四面八方散開。

「哇啊！」每個人身上都濺滿了溫暖的鮮血，甚至是小娟的肉塊、骨頭，無一倖免！

就算如何的閃躲，壓下身子護著另一半，成為碎塊的小娟依然撒在每個人的身上——除了吊在上方的余胖。

他歇斯底里的喊著不要，卻眼睜睜看著新婚妻子被頭髮切成無數塊，巨大力道造成的噴散，讓她的頭顱往上拋彈，她正痛苦的慘叫著，含淚的雙眼像是望著他，那是他們的最後一面。

就在所有人都呆晌的數秒內，余胖被鬆開，從上面摔了下來，所幸高度不高，砰的落地不成大礙；而在此同時，數億根髮絲早已從地板上蜿蜒伸出，將每一塊肉塊往頭髮山裡勾捲而去。

「小娟！小娟——」余胖不顧摔上地的疼，看著小娟的頭顱被頭髮縛住往後拖，他瘋狂的往前爬行，要搶下那顆頭。

「別去別去！」小林架住他，「那已經是他們的了，你不能去搶！」

「你現在去只是多賠一條命而已！」李博智也緊扣住他。

「那是我老婆！那是我老婆啊！」余胖聲嘶力竭的喊著，「為什麼會這樣？為什麼會發生這種事？」

為什麼？

靠近入口的季芮晨，越過所有驚恐的團員們，幽幽的看向貼在出口的女人。

「妳兒子發生了什麼事？」

第八章．秘密

當室內陷入一片寂靜，而且幾億煩惱絲不再輕舉妄動後，蘇哲富毅然決然的掠過Dabby率先走出去，父親妻子跟雪莉都很快的跟著出去，貼在一旁的Dabby完全無法動彈，只是兩眼發直。

其他人動彈不得，這一次沒人爭先恐後，彷彿知道亡者取走了一人的性命，不會再取走第二個。

大量蓬鬆、且重達七十噸的頭髮山，此時此刻已變得濕潤，血珠在髮絲上滑移、滴落，藏在七十噸中心的肉塊，對那些含怨而亡、卻又無法回到故鄉的死靈而言，是甜美的復仇。

他們是變態歧視下的犧牲品，因此痛恨所有懷有異樣眼光的人。

「小娟……」S哭了起來，「我又沒怪她！她就算當著我的面說，我也不覺得怎樣啊！我當檳榔西施才有錢付學費，我就是俗豔系的，我知道啊！」

M只是緊緊抱著她，他當然都知道，愛一個人，就是全部的包容。「我懂、我懂。」

「我習慣了，不在乎的，你不是說做我自己就好？」S哭哭啼啼的問著老公，「可是為什麼、為什麼他們要因為這樣殺掉小娟？為什麼——」

後面這句，她是對著頭髮山咆哮的。

「不哭不哭……妳不在意，不代表他們不在意吧？」M只能這樣想，「就像別人多少都會看輕妳，但是我不會，每個人有每個人的想法，我們無法去控制別人，只能管好自己。」

「我又沒讓他們管我的事！」S說得有點抱怨。

小林走來，輕拍了拍S。「他們才懶得管我們的事，他們只是對於任何的歧視無法忍受罷了。」

她用哀怨的眼神望著小林，嘴裡還是唸著小娟，嗚哇的繼續哭著。

余胖失了魂，坐在地上動也不動，沒吭聲也沒反應，最後是徐若凡上前搖搖他，他依然像是具空殼般的傻坐著。

「扶著他走吧。」陳老師這樣決定，將余胖給使勁撐起。

最後還是得讓李博智幫忙才好挪移，因為余胖有一定的噸位，加上現在彷彿喝醉酒的人般沉重，實在不好攙。

「這樣的情況還得維持多久？」阿桃戰戰兢兢的拉住小林，「我受不了了！我快受不了了！」

「不知道，這……這並非我所能控制的。」小林很無力的說著，他真的什麼都不知道。

「Dabby 呢？妳知道嗎？」

季芮晨再度開口追問，這讓小林永遠摸不著頭緒的問題。

「小晨？妳這到底是？」

「亡靈們剛剛對著她說，她兒子開啟了回家的道路。」季芮晨目不轉睛的盯著 Dabby 看，「我一直不懂，這麼多旅行團，為什麼偏偏我們會出事？我原本以為是這團太多自以為是的人，引起仇恨共鳴，可是我卻一直聽見『回家』這兩個字！」

「……」小林驚訝的看著季芮晨，再立刻轉向 Dabby。「妳兒子？」

Dabby 潸然淚下，忽地雙手掩面，嗚咽的滑坐在地板，克制不住的號啕大哭起來。

「不關我兒子的事，怎麼可能會跟他有關係啊！」Dabby 幾乎是呼天搶地，「我甚至連他在哪裡都不知道！你們為什麼不告訴我他在哪裡！」

在場的人都嚇了一跳，Dabby 的兒子失蹤了嗎？跟這些事有關係？

「我們先出去好嗎？」阿桃拉著徐若凡往外走，「我看著血淋淋的地方，待不下去！」

兩名男老師攙著失神的余胖往外走，小林主動拉起 Dabby，她根本已經泣不成聲，神情悲傷得扭曲。

走出這棟紀念館，下一棟就在眼前，天色變得更黑了，大家待在空地上，總覺得這樣似乎比較安全。

「你兒子發生什麼事了？」小林盡可能溫聲的問，事實上他心急如焚。

蘇哲富一家往這邊看了過來，他還有空抽菸，神情不耐的瞥了大家一眼，事實上他也害怕，但是手上有護身符，也就比較泰然。

Dabby 淒楚的苦笑一抹，「他失蹤了。」

「失蹤？在波蘭嗎？」季芮晨下意識往遠處的樹林望去。

「不，在俄羅斯的時候。」她哽咽著，吸了吸鼻子。「我在那邊住過一年，也是去當導遊，孩子跟著我轉學……但是，俄羅斯人對有色人種原本就異常歧視，然後——」

她抿著唇，鼻子一酸就是悲從中來，淚水撲簌簌的落，揪著心口不讓自己哭喊出聲；同是身為母親的徐若凡、阿桃她們也都感同身受，她們無法想像自己孩子出事後，該怎麼堅強的活下來。

「他喜歡縫衣服，長得白淨漂亮，有些女兒態。」半晌，Dabby 才吐出這幾個字。

「哼！」同時，嗤之以鼻的哼聲來自大家身後，小林不可思議的立刻回頭看去，蘇哲富皺著眉，露出嫌惡的神情。「噁心！」

「蘇先生，可以請你閉嘴嗎？」小林氣忿的喊著，「你沒有資格歧視別人！」

「誰說的？娘娘腔那些都是怪胎變態，想到我就覺得噁心！」蘇哲富絲毫不以為意，「我沒有喜好的權利嗎？」

「有，但是你現在正在傷害一個失去兒子的母親，對她兒子的輕蔑，都是對這母親的傷害！」陳偉不客氣的斥責著，「你可以放在心裡，但不需要這樣明目張膽的說出來！」

蘇哲富冷冷的望著大家，「我喜歡說出來。」管得著他嗎？

季芮晨趕緊轉回來安撫Dabby，「別管他，他們腦子才有問題，Dabby，不要理睬他說的一字一句。」

「我不能……因為大家都這麼對我說，俄羅斯的鄰居、他的同學，都以此欺負他、嘲笑他，就因為他說話動作像極了女孩子、又喜歡縫製衣服！」Dabby話不成串，「有一天他被愛整他的同學們欺負，就再也沒有回來了！」

「咦？那欺負他的人呢？」徐若凡緊張的揪著心口。

「他們大部分都逃回來了，他們說樹林裡很可怕，有東西在追他們，是什麼卻說不出來，後來又翻供說他們只顧著逃命，沒有看到後面……」Dabby顫抖著，話語裡卻漸漸帶著怒氣。「但是一開始，他們跟同學們說看到鬼了，說森林裡有鬼！」

他們把她的寶貝扔在森林裡了！

「大部分都逃回來是什麼意思？」

「後來有一個男孩也失蹤了。」Dabby吸了吸鼻子。

季芮晨直覺想到，昨夜在床邊那個身上沾著泥土與落葉的少年。

『媽……媽……』幽幽的、帶著無限思念的嗓音，終於從遠方傳至，應和著Dabby

止不住的哭聲。

季芮晨瞪大雙眼，她沒敢動也沒出聲，暫時不打算說出來。她已經發現，在現在這個世界中的死靈大家看得見也聽得到，是因為大家身在他們的陷阱或圈套內；但是遙遠的聲音，依然只有她聽得見。

「我說過好幾次了，大家都這麼警告那片森林不能進去，要玩不能跑到那麼深的地方，為什麼他們就是不聽……不，他們不是不聽，他們是故意的，故意把我兒子追到那邊去！」Dabby 使勁搥著牆，「他們把他扔下了，扔給那片森林了！」

「警方沒有搜索嗎？」小林好奇這點，「報失蹤人口後，至少警方會幫忙尋找，大家都知道他人在哪兒啊。」

「沒用的，警方只在森林外側搜尋，沒有人願意深入！」Dabby 哭紅了眼，「那幾個孩子們也翻了供，騙大家說他們沒跑到那麼裡面，可是我永遠記得他們驚惶失措衝到我家時的情況！」

那幾個孩子上氣不接下氣，臉色鐵青又害怕的衝到她面前，每個人都慌張的各說各話，說有鬼、說 Jakub 掉下去了、說有好多骨頭跟手、說有人想抓住他們——

「怎麼能這樣？應該還是可以要求再深入搜尋啊！」李博智義憤填膺。

「怎麼可能？我是東方人，原本就已經被瞧不起了，他們怎麼會為一個黃色猴子生的小猴子勞師動眾？更別說其他孩子的父母都是俄羅斯人，還有一個孩子的父親就是警長，我能做什麼？」Dabby淒絕的說著，「我自己進去找過幾次都找不到，最後我只能回到波蘭，試著重新生活。」

故事在Dabby的哭聲中告一段落，氣氛變得更加凝重，大部分的人還搞不清楚為什麼季芮晨無緣無故要問Dabby兒子的下落。

「孩子的父親呢？」爺爺突然問了。

Dabby瞥了他們一眼，眼裡有敵意。「我離婚很久了，孩子是我一手拉拔大的。」

「這就是了，單親家庭，孩子人格才會出問題！」爺爺劈頭就是分析……不，是批評。「妳孩子會娘娘腔、行為有異，全都是問題家庭的產物，都是妳造成的人格缺憾！」

「夠了沒！」S忍無可忍的破口大罵，「你少說兩句會死嗎？單親家庭惹到你了嗎？我就是單親的！」

「喔……」蘇太太挑了眉，「看得出來。」

「妳——」就見S掄起拳頭要衝上去，還是M及時抱住她。

「不要吵了！」小林實在受不了，為什麼這種時候有人就是沒有同理心，還在用自傲的眼光看這世界？「現在是吵架的時候嗎？已經死了兩個人了！」

蘇哲富淡然的闔上雙眼，對他而言，這一票團員個個都有問題，全是難以入眼的人。

「為什麼那座森林連警察都不敢進去？為什麼孩子說撞鬼？」季芮晨關心的是這個，「妳剛也說了，那片森林大家都警告不能靠近。」

Dabby顫巍巍的抬頭，望著季芮晨的眼神帶著恐懼。「那是卡廷森林啊！」

卡廷森林。

瞬間，小林跟季芮晨都覺得自己全身的血液都被凍住了，腦袋一片空白，如果可以，他們真希望乾脆就什麼都不要再思考！

「卡廷森林！」徐若凡倒抽一口氣，望向丈夫，他們果然也知道！

「難道是卡廷森林大屠殺？」李博智踉蹌了兩步，雙手無意識的開始發顫，連阿桃都忘了怎麼呼吸。

S皺著眉望向老公，他們啥都不知道，什麼卡什麼森林的？又是什麼大屠殺？這個奧斯維辛的屠殺還不夠嗎？

蘇哲富明顯的愣了一下，他彷彿也有印象，倒是蘇太太不甚明白，雪莉睜開雙眼，憂心忡忡的將孩子抱得更緊，痛苦的喊了一聲。「主啊！」

卡廷森林大屠殺，是蘇聯在一九四零年的四月三日到五月十九日間，對被俘的波蘭戰俘、知識分子、警察及其他公務員進行的有組織的大屠殺。附近同時還有許多軍營進行屠殺，但是卡廷森林最為慘烈，規模最大。

屠殺採用槍決，每天從夜晚開始到次日清晨，第一批被槍殺的戰俘約有近四百人，但是行刑者發現一個晚上處決這麼多人相當累人，後來才改成一晚槍決兩百餘人。

德國人向來比較有效率，包括殺人也是，他們對付猶太人早期也是槍殺，但後來決定以效率取勝，因此打造了毒氣室；但蘇聯仍是一一槍殺，還算進行得相當有規矩，所有被害人都是被銬住，進入一個小房間內，進行行刑式槍決，由後腦槍決，一如毒氣室般有出入口兩道門，屍體就由出口搬出，搬上運屍的卡車，緊接著下一批受刑者再進入小房間，如此周而復始，有條不紊。

這段時間中，除了五一勞動節放假以外，幾乎每夜都不眠不休的進行槍決，徹夜的槍聲均被機器噪音掩蓋。

直到德軍佔領卡廷森林後，發現了所謂的萬人坑，蘇聯挖了一個深溝，二十八公尺長，十六公尺寬，裡面竟埋有三千多具波蘭軍官的屍體，整齊的被堆積成十二層屍堆。

爾後陸陸續續發現駭人的大坑，埋有滿滿的一層層屍體，整起屠殺中，估計約有兩萬多名波蘭軍官遇害。

「所以……妳兒子是遇上卡廷森林的……」陳偉嚥了口口水，「等等，萬人坑不是都被挖出了嗎？」

「除了卡廷森林慘案外，蘇聯同時在很多地方都進行這種屠殺掩埋，說不定還有很多坑沒有被發現。」李博智手指都冰冷了，「納粹只花五年就可以殺掉一百一十萬的猶太人了！」

「等等，現在扯到哪邊去了？Dabby的兒子被鬼殺了，跟我們現在的處境有什麼關係？」蘇哲富有些焦躁不安，「領隊，你是領隊，請快點帶我們離開！」

小林凝重的看向蘇哲富，「蘇先生，我看關係大了。」因為，讓他們深陷在這般田地的只怕不是狗眼看人低的蘇先生，也不是哪個具有歧視心態的人，而是來自於一個單純思念兒子的母親！

「小晨，說說話吧！」小林對於她的過度沉默有點不安，她是看著Dabby，但是眼神完全不聚焦。「季芮晨！」

「咦！」她真的被嚇了一跳，圓了雙眼，回過神來。

只見她緩緩站起，焦急的來回踱步，大部分的人還是對卡廷森林，及他們現在發生的狀況無法相連。

「Kacper！」季芮晨驀地大吼，「我知道你在，出來！」

這一吼嚇得大家魂飛魄散，下意識又聚在一起，唯獨季芮晨一個人站在前方雙手扠腰，有些氣急敗壞的喊著。

「不要躲，你一開始就什麼都知道對吧！」她像是自言自語般的說話，「故意不讓Martarita他們出手？還是壓制所有跟著我的人？出來！」

隱隱約約的，有道模糊的身影出現在季芮晨的身後，所有人都倒抽一口氣，不約而同以手掩嘴，就怕自己不小心尖叫出聲。

那影子越來越清晰，連小林都屏氣凝神。

直到他以完全形態現身時，才能看出那是個英姿煥發的軍官，身穿著破舊的軍服，背對著他們的後腦勺，有個明顯的窟窿。

季芮晨感覺到了，倏地回首，果然瞧見了他。

「你想躲到什麼時候？」她揚著怒眉，看來真的很生氣。

『我不能背棄同胞。』他刻意使用中文，說得很理所當然。

「所以？真的有波蘭軍官的死靈從卡廷森林回來了？」她指向遠處的森林，這話嚇得大家都傻了。

『大家終於可以回家了。』Kacper轉向Dabby，『託妳兒子的福，真的很謝謝妳。』

「我兒子？」Dabby撐著牆站起身。

『是的，妳兒子的鮮血與不甘心，喚醒了沉睡已久的同胞們，大家用爬的也要回家，回到波蘭故土！』Kacper再望向四周，『猶太人也想回家，思鄉的情愁，只是重疊起了共鳴。』

「但是出人命了。」季芮晨瞪著Kacper。

『只不過血債血償，誰讓這裡有人要自負的輕視他人？』Kacper長得相當俊朗，跟剛剛看到的死靈完全不一樣，他甚至戴著波蘭二戰時期的軍帽，英姿颯爽。

「幫我們想個辦法，阻止猶太人再亂殺人，你們要回家就回家啊！」蘇太太心急如焚的喊著。

『猶太人是種族歧視下的犧牲品，他們無法容許再一次的歧視，以敵人的鮮血換取自由，這是常理。』Kacper 說得理所當然，『要是我，我不會擔心這裡的猶太人，我會擔心卡廷森林的同胞。』

「什麼？他說什麼，為什麼不說中文了？」爺爺激動的問著，因為 Kacper 突然用起了德語。

「什麼意思？」季芮晨瞪大了眼睛，隨著 Kacper 一起改用德語，Kacper 是故意不想讓 Dabby 聽懂嗎？

『她兒子滿懷著不平的怨氣，所以才能驅動萬人坑裡的同袍！他痛恨所有瞧不起他的人、痛恨不平等的待遇，間接感染了所有被屠殺的死靈……』Kacper 垂下雙眼，『妳懂的，這裡的受害者，沒有一個是心甘情願的，卡廷森林裡的死靈會進行可怕的殺戮，等他們跟這裡懷怨的死靈結合，就不會是只有這個世界的事。』

季芮晨雙眼瞪得更大了，她當然聽過相關的事，那可是她的床邊故事啊！「你該不會說是附身、作亂、侵害真正的人界？」

Kacper 不語，只是微微一笑。『他們快到了，妳得快一點啊，小晨。』

餘音未落，Kacper 的身形漸漸消失，只留下殘語在他的嘴邊。『我不想傷害妳的……不想……』

「Kacper！」季芮晨望著消失的身影，接著直接看向了跟她一直線的小林。

這不是只要想著怎麼逃出這裡而已，還要阻止波蘭死靈跟猶太人死靈的結合！不能讓他們變成什麼……怨靈，不對，小櫻說過，魔，鬼變異可以稱做厲鬼，再殘虐就變成邪魔！

一旦成了魔，眾鬼都畏懼，到時也不知道用什麼辦法解決了！

「剛剛那個是誰？也是鬼嗎？為什麼妳會認識他？」

「該不會這一切都是妳搞出來的吧！」蘇哲富氣急敗壞的衝到季芮晨面前，抓著她的肩膀就開始搖。「說！妳到底想怎樣！幻術嗎？快讓我們出去！」

「欸欸……」她頭都暈了啦！

一群人衝上前硬把蘇哲富推開，季芮晨覺得眼裡好多星星在轉，好不容易對了焦，是小林那該是陽光、現在卻眉頭深鎖的臉龐。

她眼尾瞟了一眼 Dabby，她無意識的召喚自己的兒子，所以孩子才會朝這邊前來。

「我們得回到門口。」季芮晨堅定的望著小林，「先離開奧斯維辛再說。」

「小晨，剛剛那是什麼，妳不解釋一下嗎？」李博智情急的問。

「解釋那個無濟於事，能活著出去我說三天三夜給你們聽，你們還會拜託我不要講咧！」季芮晨撥開人群，走向 Dabby。「Dabby，起來了，妳知道參觀路線，用最快的方式帶我們離開。」

「那個人剛剛說，我孩子、孩子已經……」Dabby 悲傷的望著她。

「很遺憾，妳孩子的血驅動了死靈。」季芮晨在心裡默唸了對不起，「但他已經死了，妳要做的是趕快出去，去為他祈求來世，順利升天。」

「升……升天？」眼淚滾出她的眼眶。

「對，很遺憾他已不在人世，但妳一直放不下他，孩子就無法升天。」季芮晨發現自己很心虛，她在說謊！「趕快離開這裡，妳得為他超度！」

Dabby 緊接著痛哭失聲，她根本連動都不能動，還是小林硬拉起她，拜託她快點走。如果她死在這兒，就不能辦法會了，這樣兒子怎麼辦？

這時 Dabby 才勉強有了動力，即使她早知道兒子死亡了，但是不見屍，心裡還是抱持著一絲希望，而這絲希望，在剛剛季芮晨的證明下碎了。

「好，我帶大家走。」Dabby 重新振作，把旗子收了起來。「但是，我不願帶他們走！」

手一指，指向的是蘇哲富一家人。

「妳說什麼！妳是導遊耶，怎麼可以扔下我們不管！」蘇太太高聲嚷嚷。

拜託，都什麼時候了，還在導遊領隊的，季芮晨看了就火冒三丈。

「我不幹了。」Dabby 冷哼一聲，「有他們在，我就不會帶任何人離開！」

「Dabby，別鬧。」小林抓過了她的手，「有什麼恩怨不值得用殺生換取，我知道妳氣他們汙辱妳、妳的家庭跟兒子，但是……拖越久，越會讓善良的人受害。」

「我可以幫妳找妳兒子的遺體，相信我。」季芮晨盡可能冷靜的勸說，藉由鬼魂的傳遞，說不定能找到屍體。

Dabby 冷冷的瞪著蘇哲富，再看向其他恐懼至極的人，這才不甘願的邁開步伐。

「用跑的吧，我不再解說了，拖越久越麻煩。」她下了命令。

小林立刻從背包裡拿出一堆平安符，開始發放。「請大家都戴上，就算你本來有，還是戴著，這是我跟很靈驗的廟宇求來的，佛像也是他們家的。」

聞言，大家爭先恐後的上前要拿，只是當蘇太太伸長了手要抓過時，卻一把被人扣住了手。

「你們已經有佛像了。」季芮晨瞪著她，「不必這麼貪得無厭吧？」

「妳說什麼，多一份保障又沒差，我們需要百分之兩百的保護！」她使勁的想要伸手去拿，季芮晨卻箝得越緊。「反正小林有那麼多！」

小林瞥了季芮晨一眼，「沒關係，有多的，就讓他們戴著吧。」只不過那是普通平安符，能發揮多少作用，是個未知數。

季芮晨忿忿不平的甩開她的手，任她抓了一大把，這一次是小林反扣住她的手，不懂一家才幾口人，要那麼多做什麼？

「多戴幾條保平安啊，如果真的有人能活下來，當然是要我們才對！」蘇哲富還振振有詞，「放心好了，我出去後一定會幫大家向旅行社追討賠償金。」

「可以閉嘴嗎？」該是溫柔婉約的徐若凡已經失去了耐性。

就見蘇太太抓著一把，為爺爺、曉珊、正昱戴上，自己跟蘇哲富都戴上了一條，最終那一條，她只瞥了雪莉一眼，並沒有動作。

「給我！」蘇哲富一把搶下，「妳猶豫什麼，沒有我妳還能活嗎？」

她咬了咬唇，不甘願卻只能接受。

「喂，那雪莉呢？」S不悅的上前質問。

「她不需要。」蘇哲富連回頭看雪莉都懶，「她是基督徒。」

「這跟宗教沒關係，蘇先生，請你把身上多的拿下來。」小林板起臉來，朝蘇哲富伸出手。「那是防身用的，交給雪莉。」

後頭的雪莉搖著頭，「我沒關係的，我有十字架、我有主！」

季芮晨心急如焚，雪莉不懂這護身符的功用，並不是基督徒就不能用啊，神的保護不分人種的！

「這是我的了。」蘇哲富用一樣惹人厭的態度，拒絕小林取回他的東西。

所有人幾乎群情激憤，小林覺得只要有個引爆點，說不定蘇哲富不會死在亡靈手裡，而是這些該理智的人們手上。

「我給！」S突然取下自己的平安符，「我的給雪莉！」

「S啊！」M倒是驚惶失措。

望著S義薄雲天的氣勢，蘇哲富跟其父只是冷冷嘲弄一聲。「白痴總是最早死的！」

「不，不必。」季芮晨一個箭步上前，取下了頸上的護身符。「我有多的。」

她還沒有還給小林啊，記得嗎？小林露出鬆一口氣的微笑，點了點頭，由季芮晨將多出的那條掛到雪莉頸子上。

她一開始慌張的拒絕，最後是曉珊要她戴上的。

Dabby望著這一幕幕，心裡百感交集，這樣的人為什麼需要救助？他瞧不起自家的傭人至此，根本不把她當人看。

不，是根本不把自己以外的人當人看吧！

「好了，大家跟好吧。」她望著眼前所有人，一張張擔驚受怕的臉孔，此時此刻，她必須專心致志。

Dabby沉穩的雙眼直視前方，再無恐懼。

第九章．焚化爐

Dabby邁開腳步，開始以小跑步的方式帶著大家穿過下一個紀念館，這個紀念館裡收藏是衣服，是當年冰天雪地中，猶太人身上穿著的單薄衣服，還有他們的行李箱、水壺等等遺物。

行李箱上面甚至還標有猶太人的姓名，德國納粹的騙術相當徹底，從大門口一路騙到這兒，臨死前還讓他們寫上姓名，因為未來他們能領回自己的行李；卻不知道下一刻他們就會進入毒氣室，同時納粹翻出他們行李箱裡的東西，當做資源再造使用。

雪莉將弟弟抱起來，原本還要揹上曉珊，她覺得這樣跑比較快，只是曉珊太大了，而且她保證自己跟得上，堅持不讓雪莉揹她；老實說，雪莉比蘇太太更像母親，她一直沒讓孩子看見那些駭人恐怖的景況，竭盡心力的保護這兩個孩子。

曉珊拉著雪莉的衣角，緊緊相依的跟著跑。

但是她已經十一歲了，不會看不出來大家身上臉上乾涸的鮮血、不會沒發現有人陸續失蹤，也不可能忽視那淒厲的慘叫聲，就算八歲的正昱也多少明白。

當他們跑過水壺時，水壺們會如地震般互相敲擊，行李箱會飛起朝他們衝來，若不是小林一直殿後，拿著手裡能用的道具阻擋，好幾次都足以傷害到團員。

於此同時，他手裡還捏著張小抄，不停喃喃唸著。

「要教我怎麼唸嗎？」季芮晨跟在身邊問。

小林瞥了她一眼，卻明顯的產生防衛心。「我覺得不需要。」

「你要不要說清楚對我有什麼意見？」季芮晨也忍夠了，「從在毒氣室開始，你的態度就很差——只對我！」

「我？」小林居然還一臉驚愕，「我對妳態度哪裡差了？」

「哪一次危在旦夕時，你不是對我發號施令？」她即使怒火中燒還是只能壓低聲音，「而且眼神充滿敵意！」

啊啊……小林瞳孔瞬間放大，他明白季芮晨在說什麼，也知道自己做了什麼。

「我晚點跟妳說，但拜託妳先聽我的！」他最後只能蹙起眉心，語重心長的說。

「我——」季芮晨握緊粉拳才想繼續說，卻被前頭的驚呼聲打斷。

大家已經幾乎都離開室內建築物了，Dabby 準確的帶著大家在戶外走，但因為進進出出的有些搞不清楚方向，離門口還有多遠實在難以判斷。

不過，季芮晨卻可以確定卡廷屠殺的波蘭軍官們越來越近了！

『媽媽……』Dabby 兒子的呼喚聲越來越渴切，步伐聲越來越響亮。

『回家！一、二！回家！一、二！』整齊劃一的口號緊接著傳來，『殺！殺掉所有心態變異的人！殺！殺掉自以為優秀的民族！殺！殺掉所有歧視我的人！

殺！』

等等等等，剛剛沒有這段吧？正如 Kacper 說的，萬人坑裡的波蘭軍官，正被 Dabby 的兒子影響，他受到的異樣眼光與歧視，導致他的死亡，死前的不甘與懷怨才喚醒了亡者。

她沒有權利說這件事是大是小，因為她不是 Dabby 的兒子，不知道在那種異樣眼光下的生活有多痛苦，不過這樣可以衍生出驅動三千多具死靈的怨恨，還是讓她很驚訝。

他的飽受欺凌，與猶太人的種族屠殺起了共鳴，突然間三千多個波蘭亡靈，就算不是歧視屠殺下的產物，力量也遠遠低於這一百多萬的恨意，成了被感染的一員。

越靠近奧斯維辛，這種情況越來越嚴重，季芮晨仰首看著天空，不會動的深厚雲層，為什麼出現了淡紅色？

「好可怕！這是……」大家停了下來，S 望著眼前的東西，害怕卻又打量著。

季芮晨也趨前，看見的是一個巨大的磚造窯，正中間有個兩個半圓形的隧道，隧道上架了兩根鐵杆，鐵杆上架了個鐵桶，等人大小，也是兩個。

「這是焚化爐，毒氣室搬出的遺體，會放到這裡燒成灰，把人丟進鐵桶裡，推進磚窯。」Dabby 指向磚窯下方的方形孔洞，「骨灰會從那邊撤下，納粹收集起來可以當肥料，當年的納粹把猶太人利用得非常完整。」

「好了吧？現在又不是在參觀！」蘇太太不耐煩的說著，「為什麼停下來又在講解這種可怕的事情，我們不是要快點出去嗎？」

「是啊……」Dabby尷尬的擠出笑容，「我只是想讓大家休息一下。」

「什麼時候了還休息？」蘇哲富怒斥著，「誰不想活，就慢慢休息到死好了！Dabby，妳帶我們走。」

Dabby愣了一下，有些詫異的看向蘇哲富，似乎沒想到他會這樣說。

「對對對，我付妳二十萬，先帶我們離開吧！」爺爺顫個不停，他逃命時倒是健步如飛。

S又想要破口大罵，M抱住她不讓她衝動，這家人就是這樣，她生氣只是傷自己的身，於事無補。

小林調停到很懶了，但基於職責，還是上前勸說，Dabby別過了頭，她對蘇家本來就很感冒了，現在還搞這一招。

『小晨，離焚化爐遠一點！』

咦？就站在鐵桶邊的季芮晨愣了一下，Kacper的聲音？她下意識把也站在旁邊的陳偉夫婦往旁邊拉，緊接著叫大家遠離焚化爐。

「退後！再退一點！」她自己邊喊，一邊退得迅速。

「怎麼了？」小林回身，為什麼才離開幾秒又起騷動？

餘音未落，那座焚化爐轟然一聲，璀璨的火光突然間像炸開一樣瞬間燃燒，熊熊大火在爐子裡跳躍著，一點都不像是剛剛沒有火的模樣，彷彿早就點燃已久。

「哇啊！又來了！」阿桃揪著李博智往外跑，「快走快走！」

「大家快跑！」小林也顧不得一切的喊著，可是鐵蓋移動的聲音讓大家不由得又愣住了。

鐵桶的上蓋從「裡頭」被打開，一隻正燃燒的手將蓋子推開，緊接著半身坐了起來。

「不要看不要看！」雪莉立刻把曉珊往懷裡抱，要她閉眼，自個兒把身子轉向焚化爐，好讓挽著她頸子的正昱向後趴妥，眼睛也不許睜開。

『啊啊啊……』從焚化爐裡爬出的人全身都是火，他沒有衣服沒有頭髮，像是個光溜溜的人，身上燃燒脂肪的劈啪聲不絕於耳，看起來相當痛苦。

但是他還是走下來，而且不止一個，隔壁鐵桶也爬出另一個人，這一位讓大家有些錯愕，因為身形極為怪異，簡直是「歪七扭八」！

季芮晨知道這樣的形容很奇怪，可是那具亡靈真的太扭曲了！他連頭都是歪的，雙手交叉扭在一起，雙肩因此相當靠近，骨盤是歪斜的，兩隻手也交叉的行走……不是那種自願的交叉，像是、像是這個人全身上下被擰毛巾那樣擰了幾圈，如麻花般的扭曲。

大火燒著他的身子，他走起路來很吃力，一隻腳發出烤肉的蛋白質味，另一隻腳幾乎只見骨頭，最重要的是他有頭髮，而且一點都不似其他死靈般的瘦骨嶙峋，他、他甚至有點面熟。

「呀——」徐若凡拉著陳偉往Dabby的方向跑去，誰讓那著火的亡靈不斷的逼近。身後是一大片空地，好幾條路，蘇太太回首望著，卻不知道該往哪兒跑。「Dabby！走哪邊？」

「我……我……」Dabby像是傻了般，「那個是……老奶奶嗎？」

對！季芮晨倒抽一口氣，那個扭曲的屍體，是奶奶！

『親、親愛的……』奶奶咯咯的說著話，她的唇燒掉了，大排牙齒露了出來。『親愛的……』

「啊啊啊……」爺爺傻了，他發顫的雙腿走也走不動，只能伸手扣住身邊的兒子。

另一具被火焚的死靈，掠過了站在一旁動彈不得的S夫妻，筆直的走向相擁慌亂的老師們。

『只是聲音比較溫柔而已，大家就把她當寶貝似的，而且寒酸得要命，出個國都要一喬再喬！』

「我沒有我沒有！」阿桃驀地大哭起來，緊緊環抱住丈夫。「那不是我的本意，我只是隨口抱怨而已！」

『說到底還不是個瘸子？動作都慢吞吞的，還以為什麼都做得成？要不是我在學校，瘸子能成什麼事！』

一旁的徐若凡圓了雙眼，「那是……在說我嗎？」

她不可思議的呆站著，連接近的死靈都無法影響她了。S跟小娟的狀況是旅行團時才認識，可是她跟阿桃，是三十年的同事、三十年的好朋友啊！

「我沒有瞧不起她！博智！快點跟她解釋！」阿桃仰起頭慌亂的喊著，「快點！」

李博智不可能不知道妻子對於若凡下意識的瞧不起，她在言談之中都會提到若凡的衣著跟不便的腿，他都只是聽聽，想著只是牢騷。

可是，眼前這具焚燒中的焦屍，卻要拿此作文章？

「她只是說說而已，並不是打從心裡這樣想的！」李博智把阿桃藏到身後，呈大字型的護住妻子。「她們是三十年的朋友，不可能會這樣！」

『三十年的蔑視、三十年的偽善……跟奧斯維辛一樣殘忍。』死靈站在李博智面前，他竟真的感受到熱浪灼身。季芮晨逐字翻譯，看著烈燄竄燒，那焦黑的皮膚跟骨骼，讓死屍看起來異常噁心。

「不是！」阿桃痛苦的暴吼一聲，旋身往後拔腿狂奔。

「阿桃！」李博智驚嚇的回身，妻子已經疾速奔離，而季芮晨發誓她在焦黑的面容上，看見死靈挑起一抹笑。

只見那死靈忽然往後數步，緊接著又突然奔前，幾乎就在李博智面前立定跳起，縱身一躍——火星如雨，灑了李博智一身，他驚恐的踉蹌倒地，雙手護住頭，根本不敢想接下來會發生什麼事！

死靈呈圓弧狀的撲向拚命往前奔的阿桃，準確的跳上她的背，緊緊扣住她的頸子。一瞬間，大火跟著燒上了阿桃的身子，傳來她驚恐又疼痛的慘叫聲——「哇啊！哇啊！」

橘色的火燒得比什麼都快，阿桃幾乎在幾秒內就成了通紅的橘人，她痛苦的掙扎，不停的在地上滾動，火燄卻絲毫未減；而扣住她的死靈即使快要炭化，還是直接抓起她，狠狠的往遠處的焚化爐扔了過去！

「不不不——」阿桃的慘叫聲也成了圓弧，從這一端，來到另一端，重重的摔進焚化爐的鐵桶裡，不偏不倚。「不要！」

「阿桃！」李博智瘋狂的衝上前，但是身後的余胖卻使勁的扣住他，現在絕對不是上前的時候。「放開我！你放開我！」

「你現在去只是多賠一條命而已！」余胖大聲吼著，把剛剛李博智對他說的話，原封不動的奉還。

「阿桃！」李博智失去理性的瘋狂扭動，S跟M見狀不對，也衝上去幫助余胖攔住李博智。

而數步之遙的蘇家看著這一切，深知大事不妙，蘇哲富趕緊拿起私吞的佛像，伸長了手，對著走路吃力的奶奶。「媽，別這樣，別帶走爸！」

『我為你辛苦一輩子，原來在你眼裡我這麼輕賤……是個不美、教養又不好的人……』奶奶喀噠喀噠的走著，一拐一拐。『誰都可以瞧不起我，就你不行……你不行……』

「阿芬，妳已經死了，別來煩我！」爺爺驚恐的躲在蘇哲富身後，「我這輩子讓妳過好日子已經夠了，妳這種出身的人，能嫁給我是妳的福氣，妳還在抱怨什麼！」

錯誤答案。

小林的腦中彷彿大大響起益智綜藝節目裡、答案錯誤的響聲，爺爺回答了荒謬絕倫的答案。

奶奶遭受死靈殘殺，卻又能以死靈之姿返回找爺爺，就知道她有多不甘心。這場焚燒不需要猶太人出馬，爺爺還敢說出這種話……小林第一次明白，自尋死路原來是這樣。

「媽！別這樣！」蘇哲富大喊著，手卻不停的抖。

因為隨著奶奶越來越近，他看清自己的母親變成如此駭人的模樣，她的頭髮燒焦捲曲，臉骨因為塞進通風孔已經壓扁碎裂，現在又加上火焚，皮膚乾癟焦化，眼珠爆裂，沒有嘴唇的牙齒像骷髏頭一般巨大嚇人，身子的每條血管都凸出於肌膚之上，這不該是他的母親啊！

奶奶最後站在離蘇哲富一公尺的距離，沒再靠近，那佛像似是擋住了她的去路，小林見狀，立刻搬出小抄開始唸咒，快被捏爛的紙上寫著驅鬼咒，他只恨自己練習不夠，唸起來都會卡卡的。

『走……開……』奶奶望著自己的兒子，抽搐震顫著身子。

「媽……拜託妳……」蘇哲富全身顫抖，眼淚滑了出來。「不要！這、這是爸啊！」

『我們都錯了……沒有人可以因為優秀，就看不起別人……我們都會自食惡果的……』奶奶緩緩轉向右手邊在拚命唸咒的小林，『閉嘴！閉嘴！』

奶奶淒厲的吼叫著，一瞬間無風的世界居然狂風驟起，捲起焚化爐裡不知哪來的骨灰，完全針對小林而去，筆直衝向他，還有他握在掌心的那張紙！

「小心！」徐若凡見狀尖叫著，小林太過專心，根本沒注意到現場發生的異象。

就在灰燼撲上小林的前一秒，Dabby使勁的將他撲倒，骨灰掃過他們上方，同時小林的唸咒聲被迫中止。但是那骨灰轉了個彎，立刻朝蘇太太這兒來，她嚇得躲進蘇哲富懷裡，蘇哲富也驚恐的蹲下身子——就在這瞬間，佛像滾出蘇哲富的掌心，他們大妻雙雙蹲低，而爺爺卻還愣站著。

奶奶一伸手，就掐住了爺爺的頸子。

『我愛你啊——』奶奶這聲怒吼帶著忿怒與悲情，聽來令人痛徹心扉！

她用扭曲的手將爺爺拋向了焚化爐，爺爺也準確的摔進了鐵桶中，兩個鐵桶的蓋子都蓋上了，唰啦的疾速推進磚窯裡。這是所有人第一次見證「活生生」的火化，只能聽見裡頭的人淒厲的慘叫，以及瘋狂敲打鐵桶的聲音。

那是酷刑，活生生的燒死在裡面。

奶奶被飛舞的骨灰包圍，以勉強算是優雅的騰空之姿回到磚窯邊，將鐵桶順著軌道再次移出，此時此刻的鐵桶已經冒著白煙；奶奶再次爬了上去，親手打開蓋子。

「哇啊啊——」開蓋的瞬間，烈火竄升而出，爺爺驚恐的坐起，火已經燒掉了他的皮膚，面目全非，可是他還活著！「好燙啊啊啊！救我！救我——」

奶奶鑽進了鐵桶裡，一手將爺爺壓回去，再次親手蓋上蓋子。

「走開！妳滾開啊！走開！」踢打的聲音不止，所有人卻只能站在外圍，看著鐵桶再次自動滑進焚化爐裡。

阿桃的叫聲不絕於耳，沒有人知道為什麼有人可以燒這麼久還沒斷氣，但是她一直不停的慘叫，喊著好痛好痛，全身都在鐵桶裡碰撞，而剛剛那個抓她進焚化爐裡的死靈，卻已經不見蹤影。

蘇哲富夫妻跌坐在地上，像是掉了魂魄；李博智在大家合力的阻止下，跪上地，哭喊著結縭三十年的髮妻；徐若凡的淚水不停滑落，她的心很痛，比火焚還痛，她視阿桃如姐妹，她卻認為她只是個瘸子！

陳偉只是輕擁著她的肩，很多結此刻在心裡重重糾纏著，未來某一天或許會解開，或許不會，但他依然願意相信阿桃待若凡是真，只是心裡有著一部分的歧視。

Dabby壓在小林身上，小林手上的紙被風帶走了，他被撲倒時頭撞上了地，有些頭昏眼花。

每次都拉遠距離的雪莉，依然將孩子保護周全，儘管她全身都在發抖、儘管她也不敢看，她還是不停的禱告，禱告孩子能平安無事；焚化爐裡的聲音漸歇，但火勢卻沒有減弱的趨勢。

季芮晨從頭到尾都沒有移動半步，她的腳生了根，有人制住她的身子，叫她的雙腳陷入土裡，動彈不得。

為什麼？她好怨自己無法出手！

『這是為妳好，小晨。』Kacper的聲音幽幽傳來，『妳只要旁觀就好了。』

「什麼旁觀？放開我！放開我！」季芮晨歇斯底里的尖叫起來，「放開我啊！」

她的叫聲劃破了火焚後的寧靜，所有人不約而同往她這邊看過來，小林瞬間跳起，慌張的搜尋她的方向。

沒有人敢輕舉妄動，大家已被恐懼蝕了心智，只有小林一骨碌跳起就朝她這邊衝過來！她仰起頭用含淚的雙眼望著他，小林二話不說，立刻握住她手上的佛珠鍊，背誦了記憶中的一段咒語。

說也神奇，十句之內，季芮晨忽然能動彈，並直接倒向了小林。

「天哪……」她虛弱的扣著他，「太過分了！太過分了！」

「有人制住妳嗎？」小林輕聲問著，卻回首計算季芮晨與焚化爐的距離，不算近也不算遠，但至少不會被波及。

「還說是為我好！Kacper！」季芮晨氣急敗壞的喊著，「Martarita！還是小櫻都好，阻止那傢伙！」

眼見她名字越唸越多，團員們的臉色就越來越慘白，眼底也盡是疑惑。

沒有得到回應，她氣得搥向小林。「沒義氣的傢伙！混帳！」

「好了，妳嚇到大家了。」他附耳低語，「我們不能先失控，我們是領隊，是導遊……」

她啜泣著，但還是越過他肩頭往後看，果然看見一張張憔悴無生機的臉，抹去淚水後點了點頭，在小林的攙扶下站直身子。

「你記得有空把小抄印一張給我，我也要背。」她抿了抿唇，「我覺得我需要。」

「妳早需要了！」只是不是現在。

季芮晨望著手上的佛珠鍊，戴著效果不大，可是剛剛小林一唸奇怪的咒，就可以瞬間解開 Kacper 對她的箝制，也就是說……過往她戴那些護身驅鬼的都不見得有效，必須搭配咒語嗎？

「那是什麼？你給我們戴的東西一點用都沒有！」李博智在小林經過時跳了起來，一把揪過他的衣領。「阿桃死了！阿桃被活活燒死了！」

小林被劇烈搖晃著，陳偉趕緊上前扳開李博智的手，余胖跟M同時抱住他往後扯。

「別這樣！這不關小林的事！那只是給我們防身的！」

智。

「李老師，你別這樣，他要是能保證，誰都不會死了！」S哭著，從正面推著李博智。

小林知道李博智是傷心欲絕才會失控，他不怨怪，只是感嘆那些護身符，果然一點用都沒有。

「阿桃知道下一個是自己對吧？」徐若凡幽幽出聲，李博智瞪大了眼看向她。「從小娟出事後，她就變得很緊張、很敏感，不停的想走想逃……因為頭髮山的死靈們說了偽善。」

「她不是刻意這樣想妳的！」李博智哭得泣不成聲，哽咽得話說不全。

「她已經這樣想了。」徐若凡心碎的別過頭，「小林，我們接下來要往哪裡去？」

活著離開這裡，現在變成最重要的事。

「不能再走相關的景點了，Dabby，可以繞過所有古跡或是紀念物嗎？」這是小林剛剛得出的結論，「一樣古物都不行！」

但是這裡是奧斯維辛紀念館，要避開實屬不易。

Dabby環顧四周，像是在沉思般，沒人敢吵她，只是等待答案；眼前的焚化爐依然在燃燒，蘇哲富低聲喊著爸，腦子裡一片混沌。

自食惡果，媽居然這樣說！

「你們看！」S嚇了一跳，指向焚化爐。

劈啪兩聲巨響後，同一時間烈火俱滅，像瓦斯爐一樣，關上就一絲火苗都沒有。緊接著喀啦聲起，像是鐵器拖曳音，磚窯下方嘩啦的倒出一大坨冒著煙的灰燼。

李博智一口氣上不來，歇斯底里的喊著阿桃就要撲上，蘇哲富跪趴在地上，他眼前那具棺掉下來雙份的灰燼，充血的雙眼帶著不可思議。

「不行！不行拿！」季芮晨第一個衝上去擋在李博智面前，「這個世界的東西不能取走，就算是骨灰也不行！」

「什麼？」蘇哲富望向她，「妳在胡說八道什麼，那是我爸媽的骨灰啊！」

「他們在死靈的世界中被厲鬼焚燒，這些東西極度不祥，不能帶走！」季芮晨聲嘶力竭的喊著，「帶走這裡的東西，你就會跟這個世界連結，會、會永遠出不去！」

「什麼東西？小晨……」余胖都不相信了，「這太誇張了，這是——」

「我不是正職領隊，我也不是導遊，別的事情我不懂，但鬼的事情我最懂！」季芮晨嚴厲的說著，「我從小是在鬼的包圍中長大的！相信我！」

什麼？這番話讓所有人都傻了，在鬼的包圍中長大的？

「她剛剛喊的都是鬼的名字，她聽得見鬼的聲音，所以才能一直給我們警告，才知道卡廷森林有死靈正在返鄉，也才會這麼多國的語言。」小林平心靜氣的解釋著，「各位，這種事必須相信她。」

靠近她的徐若凡下意識的退後，言下之意……小晨的身邊現在也都是鬼嗎？

所有人看她的眼神都變了，變得恐懼擔憂，季芮晨很久很久以前就被警告過會有這樣的視線，所以她幾乎絕口不提這項「天賦」；雖然一直有心理準備，但是真的被這麼多雙視為怪物的眼神盯著，她還是不太好受。

眼神最後落在小林身上，小林永遠都給她肯定堅強的眼神。

「Dabby，如何？」小林走上前，拉過季芮晨的手往 Dabby 走去。

「不能經過任何建築物，那我們只能從這邊繞出去了。」

Dabby 指向正右方的一片樹林。

樹林？季芮晨倒抽一口氣，她看著眼前的樹林，再往左邊遠方的密林望去，亡靈大軍還在移動，但有段很遠的距離，是完全相反的方向。

「從這邊繞一圈出去，就可以避開建築物，沒問題的，而且距離很短，比穿過建築物快，還可以立刻到門口外面！」Dabby 肯定的說著，「我也不想再接近這些……紀念物了。」

聽見很快，所有人燃起了希望。

小林走到蘇哲富身邊，將他扶了起來，他不忘撈過滾到地上的佛像，緊緊拽著！「大家出發吧！Dabby，麻煩妳了！」

她揚起一抹苦笑，重新拿起紅色的旗子。「誰叫我是導遊呢。」

她握緊旗子，帶著大家進入了樹林裡，腳步穩健踏實，速度極快。

那是因為她正雀躍興奮，只是大家看不見她欣喜若狂的笑容——這些旅客的生死，根本沒有她兒子重要！

季芮晨並不了解她，其實她懂德語。

剛剛那位波蘭軍官的字字句句，她聽得一清二楚，她知道，她的寶貝，正往這裡來。

正往這裡來！

第十章．回家

Dabby的「立刻」跟大家期許的有段距離，因為大家越走越裡面，從五分鐘盼到了十分鐘，轉眼過了二十餘分，等到回頭一瞧，卻連一棟奧斯維辛的建築物都看不見了。

「等一下……好遠喔！」S越走心裡越發毛，「怎麼一直沒看到出口啊？照理說要看得見那些房子啊！」

陳偉也回過頭，原地繞了一圈。「我除了樹之外什麼都看不見了。」

眾人紛紛停下腳步，大家身處在密林當中，放眼望去除了樹之外還是樹，奧斯維辛似乎已經離他們遠去，沒有建築物、沒有鐵軌、沒有毒氣室，什麼都沒有。

「Dabby妳迷路了嗎？」小林緊張的趨前，「別再試了，我們得走回去。」

季芮晨蹙眉望著始終背對著大家、不發一語的Dabby，她的行為相當詭異！可是她一路走來什麼都沒聽見，除了大家的足音、踩過乾枝的聲音外，一點點聲響都——

沒聽見？季芮晨啊的一聲掩住嘴巴，眾人如驚弓之鳥的朝她看過來。

她怎麼可能什麼都沒聽見？一百一十萬的死靈哭號，不可能因為遠離就消失；三千多位思鄉軍官的足音與口號，也不可能隨著走遠而聽不見！

「誰？誰摀住我的耳朵了？」她氣急敗壞的朝著空中號叫，「走開！不要攔著我！」

「季芮晨！」她嚇到了所有人，也嚇到了小林。

「我什麼都聽不見！我不可能聽不到鬼的聲音……猶太人的哭聲、毒氣室的掙扎，或是卡廷慘案的軍隊行軍，什麼都聽不見！」她慌張失措的望著他，「我只聽見你們的聲音，人類的聲音……」

從小到大，她其實不止一次希望自己某天醒來，就會跟正常人一樣，聽不到鬼的叫囂、聽不到淒厲的慘叫聲、聽不見怨魂在她耳邊咆哮尖叫，只要聽見人類的聲音就好。

但是現在，她卻因為這樣失去安全感，因為此時此地，她最需要的就是這個聽力！

小林立即衝到她面前，慌亂的翻找著背包裡的東西，他有帶符水還沒用，在哪裡呢？在哪裡呢？

「我會俄羅斯語、波蘭語、英語跟德語。」數公尺之遙的Dabby幽幽開了口，「小晨，我聽得懂德語。」

季芮晨正在混亂中，她皺著眉看向轉過身的Dabby。「所以？」她也會啊！

「所以那個波蘭軍官跟妳說的話，我全部都聽得懂……」Dabby劃上了溫婉的笑容，「我的兒子，正往這邊來。」

——咦？季芮晨瞪大了眼睛，等等，Dabby懂德語！那剛剛Kacper刻意閃避的內容……她全聽到了！

關於她的兒子懷著怨氣驅動萬人坑裡的死靈，痛恨歧視的心，跟猶太人的歷史怨念結合，甚至會影響到真正的人界！

「什麼？小晨不是說妳兒子已經升天了？」徐若凡沒忘記之前的對談。

「她騙我。那個波蘭軍官刻意用德語是不想讓我知道，但他不知道我懂德語。」Dabby冷冷一笑，「我的兒子帶領著卡廷慘案的波蘭人回到故土，是他開啟了讓大家回家的道路。」

季芮晨知道，Kacper都說了，只是有一點不知道Dabby是否已經察覺——那就是她兒子是朝著她而來的！

「所以我刻意帶你們繞路，到焚化爐區去，等著亡者殺掉你們……」Dabby笑得挺開心的。

「找到了！」小林簡直是翻箱倒篋，終於挖出一瓶噴罐，罐子外還綁了一張紙條。

「等我一下，我看一下要唸什麼——」

「你能不能背起來啊！」季芮晨都快哭了，危急存亡之秋，還在背書！

「很短啦！」他噴了一聲，立刻朝她耳邊噴出冰涼的水，伴隨著幾個字的怪語。

瞬間，季芮晨感覺到耳邊有什麼東西離開了，而聲音突然灌進了她耳裡，還害她有些重心不穩的踉蹌。

接著，她簡直是瞠目結舌的望向遠方，小嘴微張，竟一臉呼吸困難的模樣！

「來了……他們來了！」她開始微顫起身子，「軍隊過來了！」

「什麼？妳不是說在另一邊嗎？」小林緊抓著她的手臂。

「那是剛剛，可是他們現在在這裡！」季芮晨緊張的高喊，指向Dabby。「母親在哪裡，孩子就在哪裡！孩子的家就是母親，是Dabby開啟了路！」

咦咦！小林回頭看著Dabby，她卻一臉期待的模樣，雙眼閃爍著光輝，似乎迫不及待見到自己的孩子！

「他死了，妳知道吧？」小林緊握雙拳，朝Dabby走去。「就算妳等一下真的見到他，他也已經不是人了，而且還可以傷害其他人啊！」

「你沒有為人父母，你不懂的。」Dabby搖了搖頭，卻笑得很慈祥。「就算他是惡鬼，也還是我的孩子。」

小林痛苦的閉上雙眼，他們這團之所以會遇上這樣的事，完全因為一個母親愛的呼喚嗎？可是因此喪生了這麼多人，不該是這樣的！

蘇哲富緊張的問到底怎麼回事，他們現在人在何方？接下來該怎麼辦？

「不要吵！」小林倏地瞠目，朝著蘇哲富大吼。「你最好閉嘴，我如果是你們會自求多福，如果有偏見者會出事，你們的機會絕對大多了！」

蘇太太臉色鐵青的倒抽一口氣。

「還有多遠？聽得出來嗎？」他回身問向季芮晨，她正專心聆聽。

「不遠了，但是他們速度不快，我們用跑的都還能拉開距離。」季芮晨這套理論，是用人類的思考角度。「他們在前方，樹林連結樹林，所以我們現在只能回頭！」

問題是，回頭該走哪個方向？這兒沒有路、沒有標的物，也不確定剛剛來時路是否是直線。

最重要的是，鬼打牆的話，誰都走不掉。

「Dabby，妳可以說服妳的孩子不要傷害人嗎？」小林想到了另一個方法，『讓軍官們回家，也讓妳的孩子安息。」

『納粹……有納粹的味道！』

『歧視者！』

『殺了他們！殺了他們！』

鼓譟音自四周響起，步伐聲變得又快又急，季芮晨聽見兩組不同的聲音傳來，前後包夾，他們竟身處在中間！

「來不及了！猶太人的亡靈也過來了！」她完全不知所措，「我們腹背受敵啊！」

「Dabby！」不只是小林，連陳偉也都開口央求她了。

Dabby 卻只是笑著，笑得有點無奈。「如果不是那種歧視，我兒子就不會死！從以前到現在，我都在被輕視的世界中長大，最後我最愛的寶貝也因此而死，你們說，我會原諒任何心態歧異的人嗎？」

「Dabby？」季芮晨圓睜雙眼，顯得不可思議。

「只要有歧見的人，我一個都不會放過。」Dabby說得相當溫和，「不過要是你們心裡沒有這種歧視心態，我想……這些亡者應該不會對你們怎麼樣的。」

「最好是！」季芮晨氣得反駁，「他們已經沒有理智了！厲鬼哪會跟人講道理啊！」

小林揹起背包，吆喝著大家。「別跟她說了，我們快跑吧！」

現在的Dabby心裡已經有了定見，對她而言，兒子比什麼都重要啊！

「跑哪邊？」蘇哲富他們跑第一，搶在大家面前。

跑哪邊？小林期盼的望著季芮晨。她怎麼知道，聲音到處都有，漸而逼近，往哪邊跑都有可能會撞上他們吧！

更別說如果他們的目標是他們的話，怎麼樣都會被找到的！

『西南方。』

西南？季芮晨愣了一下，那是甜美的嗓音，是小櫻！季芮晨喜出望外的忽然指向西南方，給予小林肯定的眼神後，他領首領會，立即帶著大家往西南跑去。

Dabby一個人站在原地，開始輕唱波蘭兒歌，呼喚她最愛的兒子，媽媽在這裡啊，在這裡唷……

季芮晨回首望著Dabby，她越唱歌，就讓卡廷犧牲者的速度越快，孩子思鄉心切，迫不及待的想奔回母親懷抱。

剎！一個立定的足音震耳欲聾，季芮晨及時扳住一棵樹，厲聲喊著大家停下！

「怎麼了？」余胖憂心如焚的問著。

「不對勁！」她左顧右盼，為什麼足音停了下來。「他們停了。」

為什麼停止？找到了 Dabby？還是找到了……他們？

『納粹……原來你在這裡啊……』

宛如來自地獄的聲音響起，就在蘇太太的耳畔，她瞪大了眼睛，背脊發涼至腳底，即使聽不懂，也感到毛骨悚然。

蘇哲富回過頭，看著妻子卻只有步步踉蹌。

「哇呀——」徐若凡尖叫著窩進丈夫懷裡，這樣的情況讓蘇太太完全不敢妄加亂動。

她身後的樹上，倒爬著一個穿著軍服的男人，只可惜看不清他的樣貌，因為他的臉是個大窟窿，五官成了一個洞。

『該死的納粹！』軍官一咆哮，手裡握著根樹枝，反手就往蘇太太頸子砍去。

「呀呀！」蘇太太不顧一切的蹲低身子，恰巧閃過這一擊。

她連滾帶爬的來到蘇哲富腳邊，這才敢回頭看向剛剛在自己身後的是什麼……只是這一回頭，就傻了。

在他們頭上的每棵樹上，都攀著一個軍人，有抱著樹的、有倒吊著的，手上拿著的都是樹林裡隨手可得的樹枝或石子，他們在被埋進土坑裡時是繳械狀態，沒有武器；接著大家都聽得見的足音緩緩響起，再回身望去，瞧見的是一整票黑壓壓的人群朝這兒走來。

穿著波蘭軍服的軍人們盡可能筆直走來，他們的軍服上全是乾涸的血與黃土，還有腐化時的液體殘痕，四肢骨骸都已經木乃伊化或腐朽殆盡，由於卡廷屠殺的處決方式是從後腦勺進行刑式槍決，所以大部分的人都是臉部開花，幸運的只有一個洞。

當然還有人臉上有兩、三個洞組成一片糜爛的傷口，只怕是殘忍的蘇聯軍人以殺戮為樂。

幾千具萬人坑的亡靈，浩浩蕩蕩的包圍著他們，枯槁的手上拿著樹枝，殺氣騰騰，這還不是最糟的，因為另一邊走來、爬來的，是死前痛苦扭曲的猶太人，用猩紅的雙眼瞪著他們。

「我們不是加害你們的人，我們只是觀光客。」季芮晨主動上前，用波蘭語與猶太人語說著。「誤闖了你們的世界我們深感抱歉，但是……這真的不是我們的錯！」

團員們抱成一團，唯有蘇哲富及蘇太太被明顯的拒絕，李博智滿懷恨意的推開他們。

『納粹。』猶太人指向團員們，『把納粹碎屍萬段！』

『喔喔喔喔——』發出了震天價響的歡呼聲，『殺掉納粹！殺掉所有看不起我的人！』

看不起誰？這是波蘭軍人的聲音？還是Dabby的兒子？卡廷大屠殺，要恨的應該是蘇聯吧，搞錯了吧！

『吼——』幾個軍靈突然自樹上躍下，所有人慌張尖叫逃竄，蘇太太拉著蘇哲富要他快點把佛像拿出來。

其他人下意識奔到小林身邊，他也只能拿出佛像來抵擋。

「妳來唸！」他把某張小抄塞給最近的徐若凡，「誠心誠意的唸！」

他把所有的佛像都翻出來，總共帶了六個，把壞掉的往一邊扔去、被奪去一個，只剩四個……他只能祈禱綽綽有餘。

團員們都自動擠成一個圓了，所以他省事的用東南西北的方向將佛像放置好，徐若凡拚命的唸著手上的小抄，她知道那是金剛經；而在小林擺上最後一尊，圈起大家前，他把季芮晨推了出去。

「咦？」她踉踉蹌蹌的差點摔倒，小林將最後一尊佛像放上。

「小林！小晨還沒進來！」S尖叫著要出去拉她。

「她不能進來！」小林怒吼著，讓S嚇了一跳。「她會沒事的！」

「林祐珊！」季芮晨氣急敗壞，他居然推她出來！

「妳不會有事的，妳忘了嗎？妳是Lucky Girl！」小林大聲回吼著，「妳要有信心，讓妳進來，我們說不定會全軍覆沒！」

什麼、什麼意思？季芮晨顫抖著身子，還能有什麼意思？她是Lucky Girl，不管發生什麼天大的慘案，她永遠是唯一生還者。

「唯一」的意思，代表著她四周永遠滾動著屍體，只有她能活著！

她懂了！季芮晨忽然開始往後退，這就是為什麼小林一直讓她遠離主戰場的原因，因為擔心她的幸運，會導致他人的不幸。

「小晨，妳去哪裡？」連陳偉都受不了了，「她太接近鬼魅了！」

「她不會有事的，真的……她就算遇到空難，也絕對是活下來的那一個。」小林肯定的說著，「徐老師，不要分心，請繼續唸。」

撲過來的死靈們被佛像及徐若凡虔誠的咒文阻擋，小林也加入唸經的行列，他們幾度試著觸碰，下場是碎了手腳，也有飛撲過來的瞬間成了碎灰。

他們忿怒的咆哮著，朝著他們丟石頭與樹枝，很遺憾的這樣還是會傷到他們。護著S的M被砸到頭流血，余胖跟李博智拚命擋，最後也只聽見相機的破裂聲，徐若凡跟小林不知道是不是因為口唸咒文，毫髮無傷。

不過死靈們的目標，目前不在他們身上。

納粹的氣味，誰都知道是誰。

「走開走開！」

另一邊的蘇太太緊抱著丈夫，蘇哲富手拿著佛像四處比畫，但是他只有一尊，又不會唸咒，包圍住他們的死靈越來越多，不時有空隙能碰觸到他們。

「妳出去！」蘇哲富竟然開始扳著妻子的手，「佛像不足以保護我們兩個人，妳不要連累我！」

「蘇哲富！你想做什麼！」蘇太太氣急敗壞的緊扣著丈夫的胳臂。

一個拚了命要把人甩開、一個死命的抓住對方，兩個人搖擺激動，附近的死靈們只是伺機而動，像是在等待一個可以入侵的間隙——『嘎呀——』

電光石火間，有東西從正上方跳了下來！

蘇哲富仰首望向叫聲來源，只看到一個面目全非的死靈躍下，蘇太太忽然鬆開雙臂，一把搶下他握在手裡的佛像。

——咦？

蘇哲富只有一秒鐘的錯愕，一根樹枝就從他胸口穿了過去！

蘇太太搶過佛像後，踉蹌的在地上滾了數圈，才回頭恐懼的望向丈夫，他正抬起頭，一根樹枝穿過他肩頭靠近胸口的部分，從後背穿了出去。

『納粹的氣味，自以為是的味道真臭。』

青少年的聲音極為乾淨悅耳，季芮晨回身看向從死屍群走出的少年，他穿著吊帶牛仔褲，T恤帶著血及破洞，有些襤褸，但是樣貌卻白白淨淨，長得非常像Dabby、濃眉大眼，完全是個漂亮的孩子。

他挽著Dabby的手，一步步輕快的走來，所以用不著季芮晨逐字翻譯，Dabby說得更詳盡。

「他瞧不起窮人、瞧不起沒地位的人、瞧不起學歷低的人，瞧不起除了自己以外的人，是個覺得自己非常優秀的大律師。」Dabby 為兒子介紹著，「甚至聽見你的事時，還對你可能是同性戀嗤之以鼻，說你來自問題家庭……」

『人，到底憑藉什麼瞧不起另一個人呢？』Jakub 歪了頭，相當疑惑。『性別、人種、學歷、背景、家庭、金錢、權勢……就連穿著都能有歧視，為什麼？』

他走向蘇哲富，季芮晨這才發現，蘇哲富還活著！

Jakub 握住他胸前的樹枝，猛然一拔，蘇哲富倒抽一口氣，發出慘叫聲。「啊——」

蘇太太嚇得手腳並用的連連後退，把自己縮成一球，佛像擱在中間。

『這種人都該死，人或許生而不公平，但已經不平等了，不需要再火上加油！』Jakub 捧起蘇哲富的臉，湊近他，綻開如花的笑容。『你也瞧不起我嗎？』

「……不……不……」蘇哲富慌亂的搖著頭，「我並沒有……」

季芮晨蹙著眉，蘇哲富剛剛的囂張與不可一世，在此時此刻居然消失殆盡。

『你比較優秀嗎？你是律師，很有錢、很了不起……就可以瞧不起別人嗎？』

Jakub 話說得很輕柔，可是口吻卻異常冰冷。

「沒有！沒有……我以後不會這樣，真的不會！」蘇哲富哭了起來，「我求求你放了我，我只是反應社會現實，我只是——」

『納粹屠殺猶太人時，也只是覺得他們低等而已。』Jakub 鬆開了手，『我被打破頭、推下屍坑時，同學們也只是覺得我娘娘腔該死而已！』

世界上，哪有這麼多只是！

Jakub 離開了蘇哲富身邊，但是其他亡靈擁上，他們抓住蘇哲富的身體，直接往後拖去。

一陣歡呼聲在蘇哲富的慘叫聲中響起，季芮晨聽著波蘭軍官們說要槍殺他，猶太人們或爬或纏著壓住蘇哲富，讓他雙膝跪地，而其他人打算找把槍殺掉他。

他們只想到自己的死法，卻忘記自己沒有了槍。

團員們眼睜睜看著這一幕，沒有人開口，大家已是自身難保，要怎麼救他……又或者，該不該救？

「小林！救我！快點把我救出去！」蘇哲富高聲喊著，他緊閉著雙眼，不敢看身上到底有多少屍體。

小林被打斷了，他憂心忡忡的看向不遠處、那叫聲的由來。

「不能去。」李博智一手壓住他的肩，「你繫的是我們的生命，一人與眾人的差別！」

小林擰起眉，他痛苦的望向季芮晨，她只能搖搖頭，她更是不能過去的人，對吧？

「他說過如果……真的要有人死，也不該是他死。」S突然出聲了，「因為他才是最不值得死的那一個對吧？」

Jakub轉過頭來看向S，對於蘇哲富曾說過的理論更加氣忿，怒氣沖沖的抓起地上的樹枝，氣急敗壞的直接衝向蘇哲富的身後！

『沒有槍，就用這個！』他咆哮著，將樹枝直接從蘇哲富的後腦勺穿了過去。樹枝劈嚓的穿過頭骨，從他緊閉著的眼睛穿了出來，像串燒一般穿過他的眼睛，刺出他的眼皮，蘇哲富頓愣了兩秒，才看見眼前一片血。

「哇啊吧——啊啊啊——」他痛得慘叫，其他的亡靈更快的如法炮製，一根根樹枝充當著槍枝與子彈，從他後腦勺處萬箭齊發。

「呀——」失聲尖叫的是蘇太太，她只差沒有暈過去，她遠遠的只看見無數根樹枝從她丈夫的臉部穿出來，密密麻麻的，只怕頭骨已經碎了。

這還沒有完，蘇哲富倒下的身體並沒有得到善待，軍官亡靈殺紅了眼，猶太人也忍不住撲上來，他們徒手搗爛那具屍體，口中分別唸唸有詞的，不是納粹，就是紅軍……

Dabby笑得一臉幸福滿足，對她而言，孩子「失而復得」，不管以什麼形態呈現。

「你們打算做到什麼地步？」季芮晨雙拳緊握著開了口，蘇哲富的屍塊四處分散，小塊的肉片甩在附近的樹上，但那群死靈並未罷手。

她感受得到他們的恨，真的！

『改變這個世界為止。』Jakub轉過來看向她，卻帶著微笑。『異樣的眼光有時足以殺死一個人，但是無知的人類卻渾然無所覺，持續用這種歧視去傷害他人，這些懷有歧視心態的人，根本不該留下來！』

Dabby 幽幽的，低首看向數步之遙的蘇太太。「就像種族歧視造成的悲劇，不管過了多久，即使犧牲了那麼多猶太人，還是不變。」

黑與白、黃與黑，甚至是在台灣這麼小的島國上，還有歧視外來民族的心態。菲傭、泰勞、印尼與越南新娘，有多少人都活在歧視的眼光、言語跟行為中？

有多少人是真的只想認真工作，想要當個好妻子，卻總會被人看輕。

「不……不是！」蘇太太拚命的搖頭，「我沒有！我沒有瞧不起雪莉，她很棒、她很勤勞……」

無視蘇太太的恐慌，季芮晨現在滿腹疑問。

「你們要怎麼改變現世？這就是人性，有的人就是會用看不起別人來證明自己的優越感，也有的是高高在上的人奴役人慣了，他沒辦法感同身受！」季芮晨難受的望著Jakub，「你的事情是個悲劇，二戰的種族歧視與屠殺也是，可是你們如果想殺掉所有具有異樣心態的人，那跟這些納粹與紅軍又有什麼兩樣？」

『不一樣，因為我們能讓別人生活得更美好。』Jakub 根本不理睬季芮晨，『請您不要插手，您只要看著就好。』

您？季芮晨注意到，他使用了敬語！

「你可以回到人間嗎？回到媽媽身邊嗎？」Dabby 焦急的問。

『可以的，媽媽，雖然只有一點點時間，但足夠了。』Jakub 視線落在小林的身上，『有很棒的身體，可以跟人界連結啊……』

什麼！季芮晨倒抽一口氣，他們想利用附身的方式，進入其他人的體內，來到人界？

「住手！你們有幾千幾百萬人啊！」她激動的喊了出來，「你們不可能全部附在這些人身上的！」

咦？小林倏地跳開眼皮，附身？他聽見了季芮晨的警告，環顧四周，這大批的死靈要附在他們身上？

『平常不可能，但是現在我們擁有絕大的力量——』Jakub 白淨的面容突然變得猙獰醜惡，猛然就往小林衝了過去。『就是你——』

「跑！」小林跳了起來，立刻催促大家快跑。

「西南方！」季芮晨在後面尖叫著，她不能動，現在的她一旦靠近小林他們，說不定只會害慘他們！

剛剛少年已經說得夠清楚了，她只要看著……只要……晶瑩剔透的淚珠滾出季芮晨的眼眶，她只能眼睜睜看著腐臭的死靈們蜂擁而去，她卻什麼都做不了！

「我到底……是什麼……」她痛苦的蹲了下來，到底是怎麼回事！

『小晨。』英挺的身影出現在她身邊，Kacper 正低首望著她。

「幹嘛，你還有臉現身？」季芮晨立即站了起身，「你不是也想回去嗎？幹嘛不去幫你同胞！」

『那不是我要的……我以為他們只是想回家而已，而不是殺戮。』Kacper 滿臉歉意，『當年的殺戮還不夠嗎？』

「你跟他們說啊！」跟她說沒用！

『妳快去吧，人類敵不過那群死靈的，他們恨了七十年，在毒氣室慘叫了七十年、在萬人坑裡層層疊疊了七十年啊！』

「我不能……我是 Lucky Girl，我——」季芮晨恐懼的搖著頭，她怕自己，比擔心這些厲鬼更甚！

『很多事情，都是把雙面刃。』Kacper 輕聲的說著，『妳就是雙面刃。』

季芮晨愣了住，很久很久以前開始，她知道有些鬼都這樣叫她，甚至日本女鬼都直接叫她「双ちゃん」。

「什麼意思？」

『一體，兩面。』Kacper 輕闔雙眼，『謝謝妳二十幾年來的陪伴，我終於看到回家的路，我得去找他們了。』

Kacper 語畢，旋身疾速的朝著死靈大軍而去。

雙面刃……Kacper 是什麼意思？話為什麼不說清楚？他不知道她最討厭思考跟動腦的嗎？

冷靜下來，想想上一次怎麼脫險的，在吳哥窟的時候——季芮晨倏地瞪大雙眼，做了一個深深深呼吸，挺直背脊，緊咬著唇，用力握拳！

走！

※　※　※

死靈窮追不捨，而小林的法器只剩薄弱的作用，最基本的防護功能，在一人拿一尊佛像的情況下，圍成一個防護圓。

四尊佛像分別拿在余胖、李博智、陳偉及小林手上，東南西北的位置不變，在大家一起逃跑時維持一定的隊形，把女人跟小孩都圍在裡面。

不知道跑了多久，雪莉幾乎要跑不動了，曉珊也是，正昱早嚇暈過去而顯得更沉，可是雪莉還是咬緊牙關緊抱著，一邊跑，一邊哭著用一大串英語跟亡靈求情。

「啊……」雪莉最終跌了一跤，正昱被摔了出去，是S眼明手快的把他撈回，不然從土裡鑽出的手已經把孩子拖進土裡！

大家因而停了下來，不能讓圓圈拉散。

所有人已經跑得上氣不接下氣，回身看去，Jakub 卻打橫抱著 Dabby 輕鬆走來，彷彿知道他們個個都是籠中鳥。

『我很討厭你的東西，但是你覺得你們能撐多久？或許我們的確無力越過那幾尊佛像，但是你們能坐在裡面多久？一天、兩天？一星期？我對屍體沒興趣，要屍體這邊漫山遍野都是，我們要附在活人身上，回到人界！』

Dabby愉悅的翻譯，小林明白Jakub的意思，他說得一點都沒錯，他們都已經死了，沒有飲食問題，可是他們是人類，大家就算滴水不漏的防守，遲早也會餓死。

進入這裡，根本就是死路一條！

「我們沒有對不起你們，為什麼要這麼對我……我也、我不保證從來沒有輕視過人，可是至少我對人都很和善！」徐若凡嗚咽的望著少年，「Dabby，為什麼不能放過我們呢？」

Dabby望著他們，也露出無奈。「我知道，你們很多人都是無辜的，甚至像雪莉更可憐……可是，我兒子也是啊！這世界上為什麼總是無辜的人受害呢？」

「不一定吧。」都到這種時候了，S還有空斜眼瞪著跟在他們身邊的蘇太太。不知道什麼時候，居然厚臉皮的在逃亡時鑽了進來，現在正緊緊抱著曉珊，像寶貝似的。

M偷偷戳了老婆一下，現在什麼關頭，她還在正義感作祟。

「是啊，除了這個種族歧視的女人之外。」Dabby知道S所指，不客氣的瞪向蘇太太。

「妳怎麼還活著呢？Jakub，這女人跟其他人一樣可惡！」

Jakub睨向蘇太太，臉上毫無感情。

「夠了，我不想跟你們說道理，但是一旦你們進入人界，開始大肆殺戮與破壞，你們就成了另一個主宰者，另一個納粹。」小林希望能說之以理，「而且七十年的等待不會成真，你們誰都不會回家，只會落入地獄！」

Jakub揚著冷冷的笑，附近所有的死靈根本不為所動，陳偉驚覺到不對勁的拉拉小林的腳，他忘記這些死靈聽不懂中文啊！

「翻譯啊，你這傢伙！」小林急了，想也知道Jakub怎麼可能幫他翻譯！他焦急的遠眺著。「等等……小晨呢？」

『我不會讓他們知道這些的，他們只要知道殺光所有殘害者就可以了。』Jakub自負的笑著，他，果然主宰著這些亡者。

他們明明只想回家的！

「你在利用他們？利用他們想歸鄉的心？」小林領悟到了，「你未免也太自私了！」

電光石火間，Jakub來到了小林的面前，幾乎近在咫尺。

『多一點我這種人，就會少一點像雪莉那樣的人。』他這麼說著，伸出的手居然穿過了小林的身邊，那層薄薄的金色屏障。

小林瞠目結舌的看著他的手在穿過屏障後，原本乾淨正常的手成為一隻腐敗的枯手，朝他頸子而來。

『在這個死亡的世界裡，你覺得佛光能撐多久？當信念崩毀時，你覺得還有什麼能保護你們？』Jakub露出狂喜，一把掐住了小林的頸子。『你等著看，我會讓世界更美好的，在制止所有歧視之後！』

小林瞬間無法呼吸，他感受到有東西進入了體內，那是一種強烈的異樣感，不是物體卻像是物體——天哪！他發出不自覺的慘叫，手上的佛像翻落在地。

「呀——」屏障解除，人們即刻慌亂的想要逃離，手上的佛像早不敵死靈，又因逃亡而滾落。

死靈們欣喜若狂，爭先恐後的往活著的人身上擠進去！

無數的靈體擠進同一副軀殼裡，活人只能感受到靈魂幾乎要被撕裂的痛苦——

「不——哇啊！好痛——」

「住——手——」

季芮晨上氣不接下氣的奔了過來，聲嘶力竭的大喊著。

這一剎那，死靈變得更加活躍，鑽進人體內的數量更多更急，連少年也狂喜的幾乎要侵入小林的身子。

他的頭有一半已穿透了小林的腦子，轉過來對著季芮晨笑起來。『謝謝！』

「回家吧！」季芮晨凝視著他，悲傷的開口。

——什麼？Jakub的笑容頓時僵住。

「你們都回家吧！哭喊了七十年、痛恨了七十年也該夠了！」她哭喊著，「猶太人回到自己的故土，你們就回去卡廷森林，回去吧！這裡根本不是你們該來的地方！」

回去吧、回去吧！

『不──』

嗡──大地突然起了地鳴，天地搖晃，比九二一還驚人的地震傳來，季芮晨立即跌坐在地，而所有鑽進人體內的亡靈一一被彈出，狼狽的疊在一起。

Jakub也被迫從小林身上彈離，踉蹌的撞上一棵樹，小林立即跪地嘔吐。

天搖地動未止，土地開始龜裂。

「這是怎麼回事？Jakub！」Dabby慌亂的扶著Jakub。

『妳怎麼可以這樣做！妳怎麼可以──該死的不是我們！從來就不是我們！』Jakub對季芮晨咆哮著。

一票團員都在作嘔，但這地震、地鳴嚇得大家魂飛魄散，陳偉抱著徐若凡，徐若凡牽著S，S拉著M，M勾著余胖，余胖搭著李博智，李博智緊扣著站不起來的雪莉，雪莉抱著弟弟、牽著曉珊，曉珊身邊是跪在地上歇斯底里的蘇太太。

「從來不該是任何人……」季芮晨淚眼汪汪的說著，「對不起……我知道你們的痛與恨，但是沒有人是該死的！」

就跟沒有人應該比較低等、沒有人該被歧視、沒有人該有不同一樣。

轟然砰磅聲響，遠處層層黃煙漫天，天地震動得更加劇烈，陳偉高喊著小林，他離他們太遠了，伸長了手要他退後；小林站不穩身的踉蹌往前仆，不過還是跌跌撞撞的衝到季芮晨身邊，將她緊緊拉住。

她嚇了一跳，眼淚卻掉得更兇，一塊兒往陳偉那邊去。

『不！不要——』齊聲的悲鳴傳來，倒地跪地的波蘭軍官痛苦的號叫著。

大家蹲下身意圖穩住重心，看著黃煙越來越大，幾要逼天，撐著季芮晨肩頭站起的小林才赫然發現，那黃煙來自震盪的黃土地！

遠處的地面，居然一層一層的坍塌，像是天崩地裂般，土地一塊塊消失！

「後退！大家快點後退！」小林嘶吼著，「地崩了！地崩了！」

聞言，所有人驚惶失措，在不穩中還是緊勾著彼此往後退，眼看著大地崩塌的速度越來越快，大家都已經看見，不遠處的地瞬間崩落幾公尺寬，一塊又一塊的，簡直像是脆弱的積木！

但是，逃的只有他們。

轉過身去，猶太人們早已經消失無蹤，而卡廷森林的遇害者動也不動……不知道為什麼，他們就只是哭喊著，仰天長嘯，等待著大地的崩落！

季芮晨心痛的聽著他們哭喊著爸爸、媽媽，甚至可能是孩子的名字、愛人的名字，還有一句又一句的為什麼？

砰磅——眼前一大片土地崩落，所有的亡靈一個個掉了進去。

震顫漸停，但土地持續破碎崩落，大家拚了命的往後退，在所有人面前的是一個極深的大坑，裡面堆滿了無以計數的死靈，還有不停滾落的黃土，像海浪一般在裡面「波濤洶湧」。

浮在最上面的是Jakub，他瞪大雙眼伸長了手，哭喊著媽媽。

媽媽？季芮晨驚覺到Dabby，才要尋找，只見一道人影跳了下去——「Dabby！」

S驚叫著，但是誰也來不及。

Dabby一跳下去就被Jakub緊緊抱住，一層黃土瞬間覆蓋，轉眼間就失去他們母子的身影。

更多的死靈想要爬出來，數不清的屍骨仍在掙扎，但是黃土一層一層的蓋上，漸漸的就要把坑填滿。

大家的腳尖處在差一釐就會落坑的狀態，沒有人說話，像是見證一場祭悼般，看著這些死靈再死一次、再被活埋一次。

季芮晨淚流不止，若不是情非得已，她不會做這麼殘忍的事，讓他們再飽受一次深埋在萬人坑裡的折磨！

『啊啊啊——』哀鳴未止，眼看著坑已經被填滿了一半。

「後退……再後退一點！太前面了……」蘇太太令人厭惡的聲音傳來，「雪莉，妳再退後一點，這麼胖要死喔！擋到我了妳——」

小林才想著又來了，跟季芮晨不約而同左邊望去時，卻看見蘇太太居然身子趨前，重心不穩的往前滑動。

「危險！」靠她最近的李博智伸長手，意圖抓住她。

但是有一雙手更快，使勁的推了她一把。

「哇呀——」蘇太太筆直落入眼前的坑，死靈們簡直欣喜若狂的抓住了她。『不不不——曉珊！」

『種族歧視的賤貨！』波蘭語興奮的歡呼著，黃土轉眼覆蓋住蘇太太及死靈，她被掩埋住時，眼底盈滿了不可思議！

蓋著她的黃土在幾秒後漫開紅色血花，越擴越大，一隻雪白的手倏地竄出土外掙扎顫抖，卻很快地又被下一批滾落的土完全覆蓋。

幾秒後，大家的眼前成了一片什麼都沒有的平地，沒有死靈、沒有血，回身看去，也沒有猶太人的蹤影。

安靜得好像根本沒有發生過任何事情一樣。

但是所有人還在震驚之中，看著那個雙手依然打直、做推人狀的小女孩。

「曉珊？妳、妳把媽媽推下去了？」余胖不敢相信，這會是不小心手滑嗎？

曉珊轉過頭，用倨傲的神情挑了眉。「那種女人，不配當我媽媽。」

咦？

她仰起頭，牽起臉色蒼白的雪莉的手。「智商比我低、又笨，又喜歡欺負雪莉；但是我很聰明，我不是笨蛋，我以後要做人上人，而且要當個孝順媽媽的好孩子。」

雪莉完全呆愣，她明顯被嚇著了，但是曉珊卻衝著她綻開笑顏。

「媽媽在哪裡，孩子就在哪裡。」她睜著慧黠的雙眸，向右方看向季芮晨。「對吧？大姐姐！」

季芮晨說不出話來，腦子裡只閃過老奶奶說的四個字：自食惡果。

自負的教育教出自負的孩子，曉珊的歧視在聰慧中有了不同的想法，再如何自以為是，她也知道危難中抱著她的人是誰。

「曉珊……」雪莉不明所以，戰戰兢兢。

「媽媽！」她瞇起眼，偎向了雪莉。

這個，才是她的母親。

沒有一個人出得了聲，沒有人意識到現在的狀況，死靈的消失？掩埋？或是剛剛有個女孩把媽媽推進了萬人坑裡。

「嗶——嗶嗶嗶嗶——」遠方吹哨聲急促的傳來，幾個人影從樹林那邊衝了過來。

「你們在做什麼！這裡禁止進入！」

波蘭語氣急敗壞的嚷著，所有人既期待又怕受傷害的回過身子，終於看見了其他「人類」，還有那一棟棟奧斯維辛集中營的建築物。

而就在不遠處，奧斯維辛的鐵門竟矗立在那兒。

只有一百公尺的距離，自由這麼的近，卻怎麼走也走不到。

尾聲

波蘭團的行程只維持了兩天，沒有人繼續，但一時也訂不到機票回去，加上眾人身心俱疲，或是還想要找回親人，所以大家還是在波蘭待了幾天。

被找出樹林的他們，一開始是被唸了一大串，管理人員指責他們為什麼進入樹林，偏離參觀路線，小林只能一直說對不起，外人不了解他們遇到的事情，最可悲的是還不能向外人道出。

小林讓其他人在門外等著，他跟季芮晨兩個人再一次循著參觀路線走一遍，他們跟著其他人進了毒氣室，平靜莊嚴，通風孔內完全沒有新鮮的血滴，甚至是奶奶掉下的首飾。

七十噸的頭髮山裡也沒有任何小娟的殘塊，每根頭髮都是枯燥無光澤的，蓬鬆悲慘的堆放在那兒；焚化爐冰涼如昔，鐵桶擱在外頭，骨灰口乾乾淨淨，沒有任何灰燼。

季芮晨說，那個世界的東西不可能帶到這個世界來，所以在那裡身亡的人們，也不會有殘跡留下。

那他們呢？去了哪裡？會怎麼樣？

季芮晨搖頭，她不知道，但至少她相信不會永遠待在那個地方，只要有自覺的靈魂，就能看見屬於自己的光。

失去親人的團員們在第三天清晨醒來時，情緒失控，他們一直希望睜眼時一切只是場夢，但當發現妻子真的不在時，歷經了咆哮忿怒與哭泣後，最終還是得面對現實。

Dabby失蹤的事不可能壓下，因為她不是個體戶，是有證照，從工會派出來的，因此季芮晨只好打電話拜託身在波蘭的朋友，請她過來幫忙解說跟處理相關事宜。

為了以防萬一，她還建議失蹤的人都要備案，在奧斯維辛失蹤的就照寫不誤，但是實情就不必寫了。

「沒有人不覺得奧斯維辛很陰沉。」那個大眼睛的女人聳了聳肩，完全不以為意。

正如季芮晨的友人所言，許多人都不認為二戰的冤魂已安息，所以縱使發生一些怪事也無可厚非；警方認真的搜查過一次奧斯維辛集中營，每一間房子、每一寸土地，都沒有任何蛛絲馬跡。

但是在奧斯維辛火車站有拍到整團團員的畫面，而託爭吵的福，許多觀光客也指證歷歷，確定前往毒氣室前，有看到蘇哲富一家人，包括老爺爺老奶奶，當然還有雪莉。

蘇家最後只剩下曉珊跟正昱，雪莉帶著他們返回溫暖的家；陳偉夫妻送李博智回去，三十年的友情不該為這件事斷送，即使徐若凡一時心結難解，走路時就會想到瘸腳的自己，在阿桃的心裡是怎樣的地位。

余胖跟M他們剛好都住嘉義，所以M自發性的送他回家，也跟S討論要多多關心他，畢竟新婚嬌妻慘死，對外卻只能用失蹤作結，心裡的掙扎與痛苦，外人難以理解。

這根本沒有人能接受，一趟好好的旅行，竟然會遇上二戰的怨靈，最後卻死於非命，連個全屍都沒有，甚至不能將他們的死因公諸社會，只能選擇默默承受。

可是季芮晨跟小林都對他們曉以大義，他們沒有權利禁止他們說出實情，不過如果說出實情會遭遇怎麼樣的狀況，他們必須明白。

縱使大家相信有神有鬼有魔有妖，也不代表會承認鬼的世界，或是鬼殺人，更別說什麼親眼看到猶太人被毒死的慘狀……這些只會讓自己遭到異樣眼光，被指稱為瘋子，甚至會被認為是精神異常的嫌疑者。

小林只是要他們想像，如果今天有人這麼對自己說：「我老婆參觀奧斯維辛集中營時，進入厲鬼的世界，被猶太人的頭髮殺死了。」他們會作何感想？

每一個人都只能搖頭，因為若非親自遭遇，只會認為那是瘋子。

S跟M後來擔任起潤滑的角色，努力的幫忙照顧每個人，用熱情開朗幫大家減輕悲傷；陳偉夫妻更是以大哥的身分鼓勵大家，盡可能的不讓喪親的人想不開。

裡面最開朗的大概就是正昱跟曉珊這對姐弟，大家決定騙年紀尚小的弟弟關於父母爺爺奶奶先回國的事，他雖然已經八歲，可是暈倒後再甦醒時，根本把所有事情都忘得一乾二淨，只是夜裡偶爾會作惡夢。

至於曉珊……她完全沒有主人的架子，黏著雪莉喊媽媽，還幫她做很多事情；她說，接下來那個家是她的了，她不會讓雪莉過跟以前一樣的日子。

對於親人的慘死，她可以大方的談論而且不以為意，她算是蘇家完整教育出的孩子，認為災難如果無法避免，當然要讓「最優秀」的那個活下來，最優秀的人，就是她。

季芮晨不知道這對雪莉來說是幸還是不幸，但是她無力做些什麼，雪莉依然待兩個姊弟甚好，也決定留下來。

「可以解釋一下嗎？上一次好像也是你？」主管緊皺起眉，無法理解的望著小林。

「對吧？吳哥窟！在另一間旅行社！」

「呃……是……」小林連辯駁的力氣都沒有。

「上一次是兇殺案兼失蹤，這一次又是在國外失蹤……嘖嘖，到底發生了什麼事啊？」

「人就不見了，一轉身就不知道到哪裡去了。」小林用口徑一致的答案。

「少來了，一定有出什麼事對吧？」主管挑了挑眉，把手上的資料往桌上扔。「我又不是第一天做這行！」

小林瞪大雙眼，只是歪了頭，還是沒敢多說。

「奧斯維辛……奧斯維辛，遇上什麼了對吧？」主管摸摸小鬍子，「這不是沒有過，國內都會有人遇上有的沒的，更別說出國，是吧？不過數量都這麼大，還是很驚人。」

數量……如果主管看見卡廷大屠殺的三千多名軍靈，才會覺得那叫數量多吧？還是被毒死的一百多萬猶太人？都是驚人的數字！

不，他明白主管是在談論「出事的團員」，通常旅行團出去，任何一位出事都不是好事。

「你也辛苦了，不過警方那邊主動找上門了，蘇哲富那家是律師，相關親友都要我們做個交代，這部分得麻煩你了！」主管看了他一眼，「這你應該很熟悉了吧？」

已經有過一次經驗，上一次吳哥窟的事件鬧得沸沸揚揚，人權團體為了保住自家人，不知道找了小林多少次。

小林只得乾笑，這種事有經驗一點都不好，他禮貌的說聲謝謝，他們才剛下機，還有一連串的事情得做。

緩步走出公司，外頭的牆邊站著一個茫然的女人，一臉昏昏欲睡。

「妳幹嘛不回去睡？」小林望著季芮晨，有點無奈。

「嗯？」季芮晨一臉轉醒的模樣，「談完啦，這麼快？」

「快個頭！明天還有場硬仗要面對，我看我這陣子是留校察看了！」小林重重嘆了一口氣，「算了，活著回來就好。」

「嗯！」季芮晨用力的點了頭。

瞧著她的微笑，小林心裡有些想法，早打定主意應該告訴她。

「妳記得……在奧斯維辛時，妳說過我對妳有意見？」他提示著。

「嗯？對！」季芮晨一臉現在才想起來的樣子，「不過我想想，你是怕我的幸運程度牽連到其他人對吧？」

「這是一部分原因，但是……」他進入電梯後，從外套口袋中掏出一個東西。「重點是這個。」

一尊發黑裂開的小佛像躺在小林的掌心裡，季芮晨瞪圓了眼。

「咦？」她很快的想起那是在毒氣室裡的東西，而且在吳哥窟時，也有過一次相同的狀況。「你那個佛像很怪，有時候沒有用，有時又很威！」

「它一直都很有用，加持過的金身佛印，怎麼可能會沒有效……除非，遇到特殊狀況！」電梯抵達一樓，小林凝重的走出。

「特殊狀況？像大屠殺的受害者？還是恨意極深的人？」季芮晨會這麼猜，是因為之前在吳哥窟時，擺在地上的佛像遇上凶殘的厲鬼立刻裂開，這一次是在毒氣室中，含怨莫名的猶太人。

「都不是，這兩次的共同狀況只有一個。」小林回頭，瞥了她一眼。「妳。」

「我？」冤枉啊大人，關她什麼事？

「在吳哥窟時，我把佛像立在敲心殿外頭妳記得嗎？」小林沒立刻走出大樓，兩個人在大廳停了下來。「佛像突然裂開，光不見了……」

「我記得。」季芮晨咬著唇，滿臉委屈，這怎麼跟她有關係？

「那時妳跨過了線。」小林右手握拳，左手用指頭圈個圈。「這是佛像，這是佛珠，妳從中間越過，為了去攙扶人——就在那一瞬間，佛像裂開了！」

季芮晨瞪大了眼睛，有點不悅的瞅著他。「喂，說話要憑良心，就只是跨過，我又不是鬼，怎麼可能會讓佛像裂開焦黑？」

「在毒氣室時，並不是爺爺把佛像偷走，才害得那個防護毀掉……」小林深吸了一口氣，「在妳被推出去那一瞬間，我親眼看到佛像裂開了！」

季芮晨那時莫名其妙被人推了出去，她的腳尖一掠過佛像旁邊，他就聽見啪的一聲，低頭一看，佛像已經焦黑龜裂。

季芮晨咬著唇，搖了搖頭。「不，你這說法太誇張了，說得好像我比厲鬼還強似的，不怕佛像，還能把它弄壞？」

「妳在的時候，亡靈都會特別興奮，力量感覺也特別強。」小林繼續說著，「他們把奶奶塞進通風孔時，一開始很吃力，可是妳一接近，他們就發出歡呼聲，一口氣可以從腳塞到骨盆！」

畫面一幕幕浮現，季芮晨還記得就是那時，小林突然喝令她後退，退到牆角。

「在頭髮山時也是，妳接近頭髮山時，它們編髮的速度、纏繞大家的速度都很快，而且妳應該也有注意到，沒有一根頭髮纏上妳。」他在季芮晨開口前阻止她說話，「在樹林裡時，這麼多死靈，卻沒有一個妄想對妳下手、附身在妳身上。」

季芮晨說不出話來了，她一直以來都視為理所當然，因為她是Lucky Girl。

「Jakub……曾經對我使用敬語，要我在旁邊看好，那時我就發現，自己的幸運似乎代表他人的不幸，但是……」她指指佛像，有點支吾其詞。「那個佛像我真的不知道！」

「但是妳最後還是讓他們離開了……我一直在思考這件事情，明明有妳在，亡靈會變得更強大，他們也希望妳在，感覺妳是站在他們那一邊的。」季芮晨氣忿的喊了聲我沒有，小林接著說。「我只是打個比方！可是最後妳叫他們回家，他們就回去了……不甘願，卻似乎非走不可！」

「我只是想到在吳哥窟時的事……試試看而已。」她越想越慌，「那時在吳哥窟，千鈞一髮之際，我希望那些死靈都下地獄，他們就……下去了。」

她眼神有點飄散，這是說她的祈禱會成功？不，她之前希望大家平安無事，還不是死到剩沒幾隻？這說不通！

「所以妳如法炮製，希望亡靈們『回家』？」

「應該這麼說，我想當亡靈們的Lucky Girl！」季芮晨深吸了一口氣，「在樹林裡時，我看著你們逃跑卻無能為力，覺得很難過，這時Kacper跑出來叫我幫你們，他說，我是雙面刃。」

「雙面刃？」

「我仔細想想，有些鬼不叫我小晨，都叫我小雙……尤其有個日本女生，超級可愛的，她叫天海櫻，改天我介紹你們認識。」

「不需要，重點。」他無緣無故為什麼要跟鬼認識啊？

「小櫻也都叫我小雙，還有 Tony 也是，我那時才驚覺到，他們叫我小雙的原因，是因為我是雙面刃，而許多事是一體兩面的！」她說得有點興奮，「如果我是 Lucky Girl，身邊的人就會遇害，那如果我是鬼的 Lucky Girl 呢？」

就像往常一樣，她許個願，祈禱那些亡靈可以遠離現場、回家也好。

小林瞅著她，半晌沒說話，就只是凝視著她。

「我覺得，妳在吳哥窟時的想法是對的。」關於她的幸運其實是災厄這部分。

「我這次也有想到，或許我不是 Lucky Girl，而是災禍的源頭……有我在，就會有可怕的事發生。」

「不，妳不是災難之源，因為這一次是 Dabby 起的頭，是她無意識的思念召喚了兒子，是團員們的歧視引起共鳴，並不是從妳開始。」小林倒是相當理智，「但是妳絕對不是普通人。」

「我哪裡不是！」她不平的嚷嚷。

「我知道這麼說很不好，但妳絕對不是屬於善的那一方。」他高舉起佛像，「這個足以證明。」

不屬於善的那方？季芮晨粉拳緊握。「這話是什麼意思？我是惡魔嗎？」

「妳不是，但正因為妳是人更可怕……佛像傷不了妳，但妳可以毀掉它。」小林搖了搖頭，「的確生死有命富貴在天，不過妳的加乘效果有些可怕……有空的話，要不要跟我去宮廟走走？」

『不要！』Martarita 吼了出來，『我絕對不要去！』

『嫌い！』

季芮晨顫了一下身子，身邊的鬼起了騷動，她可不想今天開始就被折磨到走不出家門。

「怎麼？想讓宮廟的法師收了我？」

「妳不是鬼，怎麼收？」小林勉強笑著，「只是讓他們看看，會不會是妳……身上那些的問題！」

『太過分了，有人這樣說話的嗎？』

『嫌い！』『真是放肆！』『Nooo！』

「我要走了。」季芮晨拿出包包裡的傘，外頭正下著滂沱大雨。「改天再說吧！」

「小晨！」小林抓住了她的手腕，「我認為不能拖……在這件事結束之前，妳、妳最好……」

「什麼？」她不悅的緊抿著唇。

「不要帶團，不要參加任何旅行團或是當領隊。」小林眼神裡都是誠懇，「風險太大了，妳要為其他人——」

季芮晨使勁的甩開了他的手，心裡有種很受傷的感覺。

「你上次才跟我說，生死有命富貴在天，現在就當我是魔了？」她居然還對那句話感到無比溫暖？傻子！

「不是，我的意思是——」

「走開！我不會再出現在你面前，這樣可以了吧？」季芮晨扭頭一甩，疾速的往外走去。「我不會當你的 Lucky Girl 的，你放心好了！」

她大聲吼著，傘花一張就衝了出去。

雨大到起了雨霧，遮去視線，季芮晨卻只是越跑越快，她簡直不敢相信，小林居然真的認為她是害死大家的元兇嗎？對，他沒這樣說，可是意思就是！

這樣說來，她的親人、父母、朋友同學，都是因為她而死的嗎？

『小晨！看路！』一陣驚吼聲起，季芮晨嚇得回神，耳邊除了 Martarita 的叫聲外，就是刺耳的喇叭聲。

她詫異的往左看去，只見到兩個閃亮的大燈朝著她筆直衝了過來。

車燈好高，喇叭聲駭人，那是大車啊！

一道人影倏地出現在她跟前，雙手伸直的擋下衝撞過來的車子，而柏油路上竄出的無數模糊身影，同時將車子使勁的往另一側推去。

「呀——哇——」尖叫聲與碰撞聲同時傳來，季芮晨蹲在地上，傻傻的望著眼前模糊、但英姿煥發的身影。

「……你不是回家了？」雨水模糊了她的視線。

『已經知道回家的路了，一時也不急著走。』Kacper就站在她跟前，『別想太多，這裡的地縛靈需要交替。』

Kacper餘音未落，身影漸漸消失，渾身濕透的季芮晨聽見人群往這邊來，不停的問她有沒有事，現場一陣混亂。

「哎喲，小姐啊，妳實在很好運啊！」有人過來扶起她，「能站嗎？」

「嚇死人了，只差一點點耶！」上班族不可思議的望著她，「水泥車居然就這樣彎過去了！」

彎過去？季芮晨放眼望去，看見地板上明顯的S形煞車痕，從遠方一路蜿蜒到她面前，然後一個急轉向她左後方而去。

「叫救護車了沒？」

「快點，有人在輪子下！快點啊！」

她幽幽回過頭，看見的是翻覆的水泥車，一旁被捲成廢鐵的機車，還有地板上涔涔流出卻立刻被沖刷掉的鮮血。

以及歡呼聲。

『哈哈哈！我可以離開了！』

『恭喜恭喜！』

『下雨天還開這麼快，真是死十次都不夠！』

一個又一個的民眾接著圍上，傘遮在她頭頂，他們熱心的為她遮去冰冷的雨水。

「怎麼會這麼幸運，小姐！」

「妳真的是那個什麼、什麼 Lucky Girl 啦！」

Lucky Girl……

番外．死亡直播

「準備好了嗎？」

群組裡傳來訊息，阿繞瞥了眼，對著正在整理行李的大鴨說道。「大哥問我們準備好了沒？」

「啊？差不多了吧……」大鴨手摩挲著下巴沉吟道：「血漿、假髮、面具、軍裝……重要的東西就這些了！」

阿繞起身來到床邊，看著鋪在床上的道具們，也幫忙再檢查一次。

「蠟燭那些我都包成一包了，槍也在我那袋，到時再組裝就好。」阿繞嘖了幾聲，「現在比較麻煩的是地點啊，我今天出去繞了一圈，適合的點沒幾個。」

「能溜進奧斯維辛嗎？」大鴨語出驚人。

阿繞直接愣住，笑容凝在嘴角。「別、別鬧吧！你要真的去那邊拍我也不敢！大哥，那裡是真正的集中營啊！」

「哎唷！不就一廢墟！」大鴨一副不在乎的樣子，「進不去也就算了，好歹找個類似的地方，不然不逼真啊！」

「有啦有啦！只是沒得選，就只有一個備案！」阿繞將手機湊到大鴨眼前，「我們直播時鏡頭放大一點，盡量不要用遠鏡頭，免得不小心拍到外面的景色。」

大鴨接過手機滑起照片，是這兩天阿繞去場勘的地點，他們是專門做探險頻道的，這種探險啦、鬧鬼的做起來流量才高，有人氣再來賣東西就有賺頭了！

國內做膩了，到國外來玩玩，有什麼主題會比「夜探集中營廢址」來得更刺激呢？

照片裡是棟廢棄建築，看起來有年代感，雜物也很多，黑暗中只要打個光，視線便會變得侷限與狹隘，這樣其實是認不出什麼的。

「你有問你朋友嗎？那裡能不能進去？」

「問他沒用啦，他一聽我們要做什麼探險實錄就罵我了，說哪裡都不能！不能冒犯亡者。」

「亡什麼者，就是棟破屋子不是嗎？」大鴨扯扯嘴角，「而且再怎樣那都是別人的歷史了，干我們屁事？」

「那我跟大哥回報一下，晚上我們就去拍？」

「好！按照計畫，先弄些血什麼的在牆上，然後分鏡……你要先假裝納粹巡邏，我嚇得跑走，然後鬼打牆！」大鴨順手拿起行李箱上的一疊紙，那是他們的劇本。「我會找個地方開直播，你要記得換裝，換鞋子啊，不要露陷。」

阿繞嘖了一聲，「我們拍過幾隻影片了，我什麼時候漏過餡？」

兩個男人在古樸的民宿裡對著腳本，商討著拍攝與換裝順序等等，每個步驟都不能有錯，這樣拍起來才逼真。

「唉，我都興奮得起雞皮疙瘩了。」大鴨抖擻著精神，「標題我都想好了，『夜探集中營，遇到納粹亡魂』，這多刺激！」

阿繞倒是有幾分不安，「我們要不要先拜拜還是什麼的？」

「嗄？你要拜什麼？」大鴨翻了個白眼，「這是在國外好嗎？」

「就扯到那個我覺得比國內的可怕，那可是種族清洗耶！死了這麼多人，我們是不是要……禮貌一點？」

「什麼東西啊，人是我們殺的嗎？而且我們去的地方又不是真的集中營？你什麼時候這麼俗辣了？」大鴨不滿的嘲弄著阿繞，「我們之前拍這麼多假的，你也沒慫過啊！」

「不一樣啊，這是真的有發生過的，我就覺得哪兒都不自在。」阿繞握了握拳，但也好面子的不想被瞧不起。「不過也對啦，人又不是我們殺的！」

「我對那兩邊都沒好感啦，尤其那個什麼猶太人？世界的經濟幾乎都掌握在他們手裡，簡直呼風喚雨，搞資本主義那套，害我們這一代過得苦哈哈。」大鴨不爽的把劇本往床上一扔，「納粹有夠失敗的，當初也不清洗乾淨一點！」

咻……一陣風突然在房內颳起，吹動了那足足有十數頁的劇本，不僅向上吹，還吹開了那一疊紙張，獵獵作響。

大鴨驚愕的回首，恰好看著那疊紙落在床上的另一角。

他有開窗嗎？他第一時間往窗戶那邊看去，米白色的遮光簾此時文風不動。

「怎麼了？」阿繞錯過了剛剛那一幕，只是因為大鴨的舉動而好奇問了句。

「沒、沒事。」大鴨皺著眉，探身到床的另一角拿過劇本。

對！肯定是他丟得太用力了，能有什麼事對吧？

現在要想的是，怎麼讓他們的直播流量衝高，別開生面吧！

※　※　※

『大家好，我是大鴨。』

黑暗中，直播裡出現了大鴨的臉，他頭上戴著頭燈，正在一面灰色牆邊，向大家說明他人在哪裡。

『對，我有告訴大家我們出國了，而這裡是……二戰時期，曾經是集中營的地方！』他說得煞有介事，眼珠子還瞟來瞟去。『現在是凌晨一點，我超緊張的！是的，我們今天就是要來夜探集中營！』

看著觀看人數蹭蹭蹭的拉高，大鴨不由得暗自竊喜。

他將鏡頭掉轉，開始「探險」給粉絲們看；稍早他跟阿繞就來這邊佈置機關，牆上的血、地上的污漬或是拖曳痕跡，還有許多用魚線綁起來的物品，等等就要製造物體飛天的「靈異現象」。

氣氛要慢慢的累積烘托，所以阿繞扮演的納粹仔就很重要了，他們買來的 COS 服還有槍都不夠標準，不過在這黑暗又拉遠景的地方，很夠用了。

踏步聲傳來，鏡頭直接停下，大鴨關上頭燈，故作緊張的說：『你們聽見了嗎？怎麼有腳步聲？』

鏡頭前觀看直播的粉絲跟著提心弔膽，從鏡頭偷偷的往外瞄，赫然看見一個軍裝男人走過去。

『幹！』氣音的國罵出現，接著就是一片漆黑，只能聽見奔跑的腳步聲與恐懼的喘息聲。

幾十萬人都緊張的盯著螢幕看，剛剛那是什麼？雖然不清楚，但看起來真的像是納粹軍服啊！大鴨撞鬼了嗎？

『快離開那裡！』

『那邊很不乾淨！』

『廢話！那邊是集中營啊！』

『剛剛前鏡頭時你印堂都是黑的！』

『白燈下全是邪氣！』

『立刻馬上離開那邊啊！』

留言開始劈哩啪啦的湧現，在另一頭看著手機的阿繞簡直欣喜若狂，這是他們做這個頻道以來，人數最多的一次！帥呆了！

他可以聽見大鴨到處跑的腳步聲，其實他就只是這一層繞而已，等等抓緊時間，他要從前面拐出去跟他會合，在大鴨晃動的鏡頭下，剛好可以製造出鬼打牆後，他撞上納粹鬼魂的景象。

然後就是鏡頭拍地面、奔跑、恐慌、掉落手機，黑屏。

留個懸念，網路上的討論絕對熱火朝天，接著明天臉色蒼白的大鴨再開啟直播，講述昨晚撞鬼的歷程！

光想到流量與影片的成功，阿繞就已經笑得合不攏嘴了。

一牆之隔的大鴨果然正東奔西竄，拿著手機的他用後鏡頭對著昏暗的建築，因為奔跑晃動嚴重，觀眾也只能就著他的頭燈看見眼前景象，但也不甚清楚。

跑到底端，假裝轉彎，壓低鏡頭拍腳，再轉身跑回去，光是這樣跑也是夠喘了！

『媽呀！有燈！』

『我也看見了！有黃色的燈！』

遙遠國內的合夥人定神看著直播，剛剛那一秒內，他也看見屋內有盞黃色的燈亮了！廢屋哪會有燈？

「傳訊息給他們，說屋內可能有人！」大哥下令，員工是傳了，但在廢墟裡兩個人都沒有時間查看訊息。

因為他們即將上演會合的一幕，大鴨再次跑到屋子角落後轉身準備折返，而阿繞已經著好軍服軍靴，帶著槍到了牆邊，等著大鴨跑到這兒時，雄赳赳氣昂昂的出場，還得說句德文……他喃喃練習著，心跳因興奮而加速。

『我一直跑不出去啊，這層樓明明就沒多大，但我現在找不到樓梯啊……』大鴨開始哽咽的說：『怎麼辦？家人們，我真的不敢停下來，我一直覺得有聲音在附近——幹！』

說時遲那時快，全世界都透過直播，聽見了響亮的足音！

整齊的步伐聲連大鴨都傻了，他拿著手機照向前方，那個應該是阿繞轉過來的地方，走出了好幾個軍人！

咦？哪來這麼多人？他們不可能在國外請臨演啊！

聽不懂的語言頓時傳來，對方擎起槍對準了大鴨，他嚇得驚惶失措，不停說著 sorry sorry！

下一秒手機直接被掃掉，落在地上後斷線。

幾十萬觀眾愣在手機前，剛剛鏡頭裡拍得一清二楚，那些男人穿的就是二戰時的納粹軍服，而且非常的高大兇惡啊！

「等一下……等……威特！我在直播！我是直播主！」大鴨大聲喊著，「阿繞！這是在——啊！」

槍托毫不留情的朝他臉頰狠狠擊上，大鴨頓時只覺得頭昏眼花，劇痛襲來，嘴裡還咬破個大洞，出了一嘴血！

什麼都還搞不清楚，頭部又一陣重擊，他便失去了意識。

※　※　※

「……鴨！大鴨！」

隱約的呼喚聲傳來，大鴨悠悠轉醒，他半瞇著眼，疼痛跟著緩緩浮現，吃疼的撫上後腦勺，一時之間頭部、臉頰甚至連身體都感到疼了！

感官全數恢復知覺，鼻間聞到一股惡臭，眼前所見是潮濕昏暗的石壁，僅有外頭一盞昏黃的燈，裡頭暗得令人看不清！一旁傳來不明的語言，甚至有人動手扶起了他！

「哇啊啊啊！」他嚇得跳了起來，立即坐起身子，甚至朝牆邊縮去！

外頭一陣怒斥聲，伴隨著金屬敲擊音，軍官將槍朝鐵欄杆上用力一擊，嚇得整間屋子裡的男女老少紛紛縮起身子低下頭！大鴨一片茫然，看著鐵欄杆外的人指著自己，兇狠的叭啦叭啦，他腦袋一片空白。

「噓……噓……」終於有人拉了拉他的衣服，「你小聲點啊，大鴨！」

大鴨轉頭看向身邊狼狽的人，一頭亂髮、頭上臉上都是乾涸的鮮血，雖然鼻青臉腫，但他還是認出那是阿繞！

「阿繞！」他激動得又差點高分貝了，趕緊握住他的雙肩。「你怎麼……你怎麼弄成這樣？」

阿繞全身只剩下一件內褲，而且身上全是傷，甚至連他頭上的傷都像是撕裂傷，因為他的頭髮被扯下一大片！

「我不知道……我聽不懂，但是、但是糟糕了。」阿繞哭了起來，「因為我穿了納粹服，他們非常生氣，不但脫了我的衣服還毒打我一頓，我背後被鞭子打得皮開肉綻，好痛……好痛苦。」

「這……怎麼能這樣？報警啊！你的手機……手……」大鴨看著阿繞身上連衣服都沒了，遑論手機，連他自己身上的東西也都消失了。

大鴨這才發現，他自己的衣褲也都被扒光了！

留意到視線，他這才看清楚同樣塞在房間的人們，他們個個臉色枯槁，面黃肌瘦，瘦到眼窩凹陷，只有那雙眼睛在黑暗裡格外明亮。

「這些人是誰……」大鴨緊張的拉著阿繞問，為什麼這麼小的房間，會塞了這麼多人！

而且這股惡臭，是腐爛味？還是屎味啊，太噁了！

「我不知道，聽不懂！但是、但是外頭那些軍人像是真的德軍啊！」阿繞慌張的哭著，「他們的制服跟槍，都不是假的……」

在說什麼啊？大鴨真的丈二金剛摸不著頭腦，難道他們被整了嗎？但是出動這麼多人整他們，還把阿繞打成這樣，這成本也太高了吧？是哪個敵對網紅幹的？

「好扯，我搞不懂這是怎麼回事了……」大鴨握住自己發抖著的手，「我們一起想辦法逃出去，然後報警！」

阿繞沒說話，他咬著唇低泣，他其實已經覺得不太對勁了，這一屋子乾癟瘦弱的人們、外面那些納粹軍官，這裡好像真的是……傳說中的集中營。

「我們有直播，大家都知道我們在哪裡，會有人來救我們的！你振作點！」大鴨繼續鼓勵著阿繞，卻換來隔壁一個皮包骨的男人猛然扣住他肩頭，要他噤聲！

氣音吱吱喳喳，他沒有一個字聽得懂，只知道對方氣急敗壞。

門外又傳來聲響，沒幾秒後有人打開了鐵柵門，高大的軍官面無表情的看著一屋子的男女老幼，視線落在大鴨他們身上。

不不……大鴨下意識的低下頭，但修長的手指還是指向了他。

「不要！這是誤會！」

被拖出去的大鴨還在嚷嚷，下一秒又被槍托狠狠砸了臉！他痛得哭出聲，他覺得自己的臉骨都要裂了。

他們在走廊上被半推半拖著，這裡跟之前的廢墟已經不同，不但牆壁完整，而且一定的距離上都有燈，只是燈泡看起來很久遠，而且到處都是穿著納粹軍裝的人。

不會吧，這是那間廢屋原本的樣子嗎？那這些軍官……猶太人？納粹？他們是撞鬼了，還是穿越了？

不不！小說裡穿越再不濟也是個平民，為什麼他們會穿越到集中營裡！

由於頭部被連續擊打，現在的大鴨只覺得頭很脹，走起路踉踉蹌蹌，但納粹沒有給他休整的機會，又推又打的迫使他前進。

越走，大鴨心越涼，他真的覺得眼前這一切不是演戲，而身上的痛楚也再再告訴他，這甚至不是幻境！

如果這是真的，那誰能來救他們？就算有人知道他們在哪一國，也不可能找得到他們啊！

又是幾句聽不懂的話語後，其他人被帶往另一方向，獨獨大鴨與阿繞被押著前往另一條又長又深的長廊……為什麼獨獨把他們分開？因為他們是外來人？因為語言不通？

「Sorry！I am sorry！」阿繞冷不防的哭著跪了下來，雙手高舉。「我不知是故意穿你們的衣服的，我什麼都不知道啊……」

納粹聽不懂，他們防備心強大的在阿繞跪下的第一時間就舉起了槍，緊接著一陣重擊也自大鴨背後襲來，他也被打得前撲，接著在混亂中被粗暴的繼續朝走廊深處拖去。

「都是假的！衣服假的，直播假的，影片也是假的啊……」阿繞歇斯底里的哭喊著，「我承認我們這些都弄虛造假，可以停了沒？求求你們放我們出去啊！」

走廊底的門開了，映入眼簾的是發著森寒冷光的刑具，還有或吊，或倒在地上渾身是血的人們，死活他們分辨不出來，但……

他們即將親身體驗，活著的地獄。

※　※　※

『網紅早安大鴨最後的直播地點，推測便是在這附近，由於附近不少廢墟，經由目擊者指出，推測他們可能進入了這一帶。』

記者站在一處斷垣殘壁，這裡幾乎已經沒有屋子的形狀了，只剩下頹圮的數道牆壁，甚至只有一樓高！看過直播的人莫不錯愕，因為那晚大鴨自進入到直播，大家看見的都是一整棟樓房啊！

『由於大鴨的朋友阿繞之前曾問過當地人，據說他們原本想擅闖奧斯維辛集中營遺址，但由於管制嚴格無法輕易進入，所以轉向其他廢墟，當地友人察覺出他們動機不單純，因此拒絕幫忙。』鏡頭切到了廢墟，這兒看過去真的除了幾片牆，就都雜草與樹木了。『當地警方已經進行大規模搜索，目前並沒有找到早安大鴨等人的蹤跡，但他們也都沒有回到民宿。』

『目前連物品也都沒有找著，這裡也不似我國處處都有監視器，只希望有見過這兩位的人，能提供線索。』記者略頓了頓，『據了解，當晚他們的原訂計畫是夜探集中營，卻因為奧斯維辛無法闖入而改變；不過據當地人表示，這裡過去也曾經是二戰的集中營，只是當蘇聯攻入時，德軍銷毀證據並摧毀了建築……』

新聞畫面滿滿的都是尋人啟事，失蹤的網紅已經消失兩週之久，至今音訊全無，許多人說直播當晚就已經看見鬼氣森森，邪氣甚重，也有人說他們可能撞鬼，還有人說他們可能穿越到當時的集中營了。

總之，各種猜測五花八門，而他們相關新聞的瀏覽人次，正創下史上最高。

而在不遠處的奧斯維辛遺址，一群觀光客們正帶著凝重嚴肅的心情，觀看那一間又一間令人不安的房間，猶太人的水壺、義肢，堆成像小山一樣，納粹要充分利用猶太人的一切。

「你看。」一名觀光客搖了搖妻子，「那裡有個很像手機的東西。」

「哪裡？」妻子瞇起眼看著。

成山的水壺裡，夾帶著很像手機的東西，但真的只露出一小角，實在難以判斷。

「不至於吧。」她連開玩笑都不敢，拉著老公趕緊離開。

如果真的把這座雜物山翻開，別說手機了，他們或許還能找到頭燈、相機，還有更多更多的……

後記

第十一年，二〇一三年在春天接續出版的《異遊鬼簿》第三部，終於在十一年後重出了！

這一部重出完後，也算得上功德圓滿了（咦？）

時間過得很快，感覺像前幾年的事，天曉得一晃眼十一年了！暌違這麼久寫篇番外也合理嘛，這時得要重重感謝柬埔寨的滋事型動物網紅，給我的新番外充足的靈感。早說了，靈感隨處都是，打開新聞就有喔！

最後，由衷感謝購買這本書的您們，購書才是對作者最實質且直接的支持，沒有您們的購書，作者便無法繼續書寫下去，謝謝！

異遊鬼簿III

怨亡錄

等菁佳品 51

作者　等菁
封面繪圖　Moon
美術設計　三石設計
總編輯　莊宜勳
主編　鍾靈
編輯　黃郁潔

出版者　春天出版國際文化有限公司
地址　台北市忠孝東路四段303號4樓之1
電話　02-7733-4070
傳真　02-7733-4069
E-mail　frank.spring@msa.hinet.net
網址　http://www.bookspring.com.tw
部落格　http://blog.pixnet.net/bookspring
郵政帳號　19705538
戶名　春天出版國際文化有限公司
法律顧問　蕭顯忠律師事務所
出版日期　二〇二四年三月初版
定價　280元

總經銷　楨德圖書事業有限公司
地址　新北市新店區中興路二段196號8樓
電話　02-8919-3186
傳真　02-8914-5524

國家圖書館出版品預行編目資料

異遊鬼簿III：怨亡錄 / 等菁作. --初版. --臺北市：
春天出版國際, 2024.03
面； 公分
ISBN 978-957-741-818-0 (平裝)

863.57　　113001863

ISBN 978-957-741-818-0
Printed in Taiwan

苓菁作品

苓菁作品